KB042216

참룡회귀록

참룡 회귀록 10

초판 1쇄 인쇄일 2019년 8월 20일 | **초판 1쇄 발행일** 2019년 8월 23일

지은이 정한솔 | **펴낸이** 곽동현 | **담당편집 팀장** 이범수
편집부 홍현주 정요한

펴낸곳 (주)조은세상 | 출판등록 제 2002-23호
주소 경기도 연천군 미산면 청정로 1355
TEL 편집부 02)587-2966 | FAX 02)587-2922
e-mail bukdu@comics21c.co.kr

정한솔 ⓒ 2018
ISBN 979-11-6432-400-2 | ISBN 979-11-89672-81-2(set) | 값 8,000원

정한솔 신무협 장편소설

NEO ORIENTAL FANTASY STORY

CONTENTS

참룡
회귀록

斬龍回歸錄

참룡
회귀록

斬龍
回歸錄

64 章.

홍소천의 거처로 들어서려던 소무결이 문득 걸음을 멈췄다.

'이거 의외로 긴장되네……'

친구들 앞에서는 별것 아니란 투로 말했지만 막상 일이 코앞에 닥치자 저도 모르게 근육이 굳어 오며 가슴이 울렁거렸다.

오히려 예전보다 어려운 느낌이었다.

이 년이란 시간이 그리 짧은 시간은 아니었던 탓이다.

그러나 소무결은 얼른 고개를 저어 잡념을 날렸다.

'어차피 닥친 거……'

매도 먼저 맞는 놈이 낫다고, 질질 끌기보다는 후다닥 해치우는 것이 마음이 더 편했던 게다.

짧게 심호흡을 한 뒤 벌컥 문을 열며 홍소천의 거처로 들어서는 소무결.

"사부! 저 왔…… 엥?"

그러나 이내 눈앞에 펼쳐진 이질적인 광경에 눈을 동그랗게 뜰 수밖에 없었다.

홍소천이 산더미처럼 쌓인 죽간들 사이에 파묻힌 듯한 모습으로 무언가를 살피고 있었던 게다.

홍소천이 퀭한 눈으로 고개를 들었다.

"왔느냐?"

"어…… 예. 근데 이게 어떻게 된…… 아니, 지금 뭐 하시는 겁니까?"

소무결의 물음에 홍소천이 한숨을 푹 내쉬었다.

그리고는 여전히 어리둥절해하고 있는 소무결을 향해 손짓했다.

"왔으면 앉지 않고. 일단 이리 앉거라."

소무결이 떨떠름한 얼굴로 홍소천에게 다가갔다. 그러면서도 방 안을 가득 채운 죽간 더미를 획획 둘러봤다.

홍소천의 앞까지 다가간 소무결이 자리를 잡으며 다시금 물음을 던졌다.

"이게 다 뭡니까? 이게 대체 어떻게 된……."

"보고도 몰라? 뭐긴 뭐겠느냐? 지금 일 하는 중이다."

"아니, 그러니까 왜 이제 와서…… 개방에서도 왕 장로에게 다 맡기고 팽팽 노시던 분이 왜 이제 와서……."

황당하다는 얼굴로 눈알을 뒤룩뒤룩 굴리던 소무결이 한순간 심각한 얼굴을 했다.

"혹시 무슨 병이라도……?"

홍소천이 얼굴을 찌푸렸다.

"무슨 소리냐?"

"그렇잖아요. 안 하던 일을 하시는 게. 원래 사람이 죽을 때가 되면 변한다고……."

딱!

여지없이 이마에 혹이 생겼다.

얼굴을 찌푸리며 본능적으로 이마에 손을 가져가려던 소무결이 문득 고개를 갸웃거렸다.

"어라? 이건 또 왜 이래?"

"뭐가 말이냐?"

"안 아파요! 혹시 사부가 살살 때린…… 아니지. 우리 사부가 그럴 사람은 아니고, 진짜 죽을병이라도 걸린……."

빡!

"악!"

이번에는 소무결이 바닥을 데굴데굴 굴렀다.

손가락 대신 주먹이 날아온 탓이다.

제 이마를 부여잡고 한참이나 끙끙거리던 소무결이 조금 시간이 지난 후에 바닥에서 벌떡 일어났다.

"사부! 이건 반칙이죠! 주먹으로 때리는 게 어디 있습니까? 주먹으로!"

"시끄럽다, 이놈아. 맞을 짓만 골라서 하는 주제에."

못마땅하다는 얼굴로 쯧 하고 혀를 차던 홍소천이 다시 소무결을 향해 손짓을 했다.

"계속 그렇게 서 있지 말고 이리 와서 앉아."

소무결이 홍소천에게로 다시 다가가며 불만스럽다는 듯이 입술을 삐죽거렸다.

"이게 다 누구 때문인데……."

홍소천이 모처럼 보는 소무결의 투정에 픽 웃음을 흘렸다. 그리고는 제 앞에 앉은 소무결을 요리조리 살피기 시작했다.

그리고는 이상이 없다는 것을 확인한 후에야 고개를 끄덕였다.

"다행히 어디 상한 곳은 없어 보이는구나."

"그거야 뭐……."

괜히 머쓱한 마음이 든 소무결이 말꼬리를 흐렸다.

그러나 이내 짧게 고개를 젓고는 다시금 주위를 휘휘 둘러봤다.

"근데 이건 진짜 다 뭡니까? 사부님이 왜 일을 해요? 그것도 개방도 아닌 정무맹에서?"

소무결의 질문에 홍소천이 한숨을 푹 내쉬었다.

"그럴 일이 있었다."

"아니, 그러니까 그럴 일이란 게 뭐⋯⋯."

그러나 홍소천은 고개를 저으며 소무결의 말을 잘랐다.

"굳이 내게 물어볼 것 없고, 며칠 지내다 보면 자연히 알게 될 것이다. 그보다 모용기 녀석은 어떻게 된 것이냐? 명진이 놈은 함께 온 것 같던데, 그 녀석은 왜 안 보이느냐?"

홍소천의 질문에 소무결이 냉큼 고개를 저었다.

"그건 저도 모르는데요."

그리고는 반사적으로 두 팔을 들어 열십자 모양을 취했다. 뒤따를 홍소천의 주먹을 막아 보려는 것이다.

그러나 홍소천의 두 손은 여전히 제자리였다.

홍소천이 미간을 좁혔다.

"뭐냐, 그건?"

"안 때리세요?"

"내가 널 왜 때려?"

"그거야⋯⋯."

무언가를 말하려 입술을 달싹거리던 소무결은 이내 머쓱한 얼굴로 두 팔을 내렸다.

홍소천이 쯧 하고 혀를 찼다.

"벌써 약관을 넘은 녀석이 하는 꼴 하고는."

"그거야 사부가 맨날⋯⋯."

"됐고. 그보다 모용기 녀석은 어떻게 된 것이냐? 분명 명진이 놈과 함께 움직이는 것을 내가 봤는데."

"아, 그게 이 년 전에 헤어졌다던데요."

"이 년 전?"

"예."

홍소천이 난감하다는 얼굴을 했다.

잠깐 고민을 하는 듯 보이던 홍소천은 결국 고개를 저으며 손을 내저었다.

"알았다. 많이 피곤할 터인데 그만 가서 쉬도록 하거라."

"어? 그냥요?"

"그럼? 아직 볼일이 남았느냐?"

"아니, 그건 아닌데……."

소무결이 떨떠름한 얼굴을 했다.

홍소천이 재차 손을 내저었다.

"그만 가 보래도. 할 일이 많다."

"예? 예. 그럼 전……."

소무결이 자리에서 일어서며 신형을 돌리려 했다.

그 때 홍소천이 다시 소무결을 불렀다.

"무결아."

"예, 사부."

"당분간은 사고 치지 말거라."

"예?"

"몸 좀 사리라는 말이다. 무슨 뜻인지 알겠느냐?"

언뜻 이해가 가지 않는 말이었다. 그 탓에 소무결이 머뭇머뭇하는데, 홍소천이 미간을 찌푸리며 확실하게 선을 그어 줬다.

"그냥 숨만 쉬고 살거라."

기어이 정무맹에 따라 들어온 철무한이 용봉관을 휘휘 둘러보며 말했다.

"그러니까 여기서 오 년을 먹고 자고 한다고?"

명진이 고개를 저었다.

"그래도 되긴 하지만, 그런 이는 거의 없다. 길어야 삼 년 정도고 대부분은 이 년 정도 머무르지."

"그럼 그 기간 동안 무공만 익히고?"

"그런 이들도 많지만……."

대부분은 그렇지 못하다.

그러나 더 설명할 필요를 느끼지 못했던 명진은 입을 다물고 말았다.

그런 명진의 기색을 느끼지 못했는지 철무한은 제 생각에 여념이 없었다.

"어째 순무대전에서 우리가 지는 경우가 많다 했더니. 이거 아버지한테 건의해서 우리도 하나 만들자 할까?"

철무한의 말에 석대림이 고개를 갸웃거렸다.

"만들어요? 용봉관을? 그게 무슨 말이에요?"

아직 철무한에 대해 정확히 모른 탓이다.

그러나 철무한은 석대림의 물음에 대꾸하지 않았다.

용봉관을 둘러보기에 여념이 없었던 탓이다.

무시당했다는 생각에 입술을 삐죽거리던 석대림은 이내 철무한에게 관심을 끊어 내고는 명진을 쳐다봤다.

"그런데 형님."

"말해라."

"형님은 어디 안 가세요?"

"무슨 말이냐?"

"그렇잖아요. 무결이 형도 그렇고 운설이 누나도 그렇고 다들 문중의 어른들 찾아서 인사한다고 갔는데 형님은 안 가시니까. 정무맹에는 무당 사람이 없어요?"

그제야 석대림의 물음을 이해한 명진이었다.

"사백님이 계시긴 한다. 지금 맹에 계신지는 모르겠지만."

"사백님이요? 그러면 형님 사부님보다 높으신 분이잖아요? 계시든 안 계시든 일단 찾아가기는 해야 할 것 같은데…… 안 찾아도 돼요?"

석대림의 말에 철무한 역시 솔깃한 얼굴로 명진을 쳐다봤다.

그러나 명진은 씁쓸한 얼굴로 고개를 저을 뿐이었다.

"알 것 없다."

이번에도 원하는 대답을 듣지 못한 석대림.

그러나 명진의 태도에 무언가 걸리는 것이 있었던지 철무한에게 하던 것처럼 불만을 나타내지는 못했다.

그리고 철무한 역시 아무런 말도 하지 않고 물끄러미 명진을 쳐다보고만 있는데, 그러는 동안 먼저 볼일을 마친 운현의 뒤를 따라 천영영이 용봉관으로 돌아왔다.

뒤이어 소무결이 모습을 드러내자 운현이 손을 흔들었다.

"여기야, 여기!"

그러나 소무결은 운현이나 천영영과는 다르게 어딘가 심각한 얼굴이었다.

철무한이 쯧 하고 혀를 찼다.

"얼굴이 왜 그래? 방주님한테 가서 한바탕했어?"

"아니, 그건 아니고……."

"아니야? 그럼 왜 그렇게 시무룩한 얼굴을 하는데?"

"그게……."

잠깐 말끝을 흐리던 소무결이 문득 눈을 반짝였다. 그리고는 명진과 철무한을 제치고 운현과 천영영을 번갈아 쳐다봤다.

"너희들 혹시 어른들 찾아뵀을 때 뭐 이상한 점 없었어?"

소무결의 질문에 천영영이 고개를 갸웃거렸다.

"이상한 점?"

"그래. 일이 산더미처럼 쌓였다든가, 아니면 갑자기 안 하던 일을 한다든가."

천영영이 고개를 저었다.

"아니? 그런 거 없으시던데?"

그리고는 천영영의 시선이 운현에게 향했다.

운현 역시 고개를 저었다.

"나도 마찬가지야."

그리고는 운현이 소무결을 쳐다봤다.

"왜? 뭐 이상한 것이라도 발견했어? 너희 사부님 이상하셔?"

"어, 그게……."

운현의 질문에 반사적으로 고개를 끄덕이려던 소무결은 이내 고개를 젓고 말았다.

"일단 좀 더 알아보고…… 아! 이럴 때가 아니고, 일단 우리 장로님들부터 찾아뵙고 무슨 일인지부터 좀 알아야겠……."

그러나 그 순간 운현 등의 시선이 휙 돌아갔다.

잔뜩 어깨를 늘어뜨린 채 의기소침한 얼굴로 용봉각으로 들어서는 제갈연.

철무한이 운현의 팔을 툭 쳤다.

"쟨 또 왜 저래?"

"그걸 내가 어떻게 알아?"

운현이 철무한을 향해 눈을 흘기는데 천영영이 제갈연에게 다가가며 질문했다.

"왜 그래? 군사님께 한소리 들었어?"

제갈연이 고개를 저었다.

"아니. 그게 아니고……."

"그럼 왜 그래? 다 죽어 가는 얼굴로?"

"그게……."

제갈연의 어깨가 이전보다 더 축 처졌다.

그리고는 더 내려갈 곳도 없을 정도로 바닥을 찍었다 싶을 때, 제갈연이 울상을 하며 고개를 들었다.

"영영아, 나 어떻게 해? 우리 아버지가 맹에 오신대."

"응? 너희 아버지?"

천영영이 눈을 동그랗게 떴다.

운현과 소무결 역시 같은 반응이었다.

석대림이 명진의 팔을 콕콕 찔렀다.

"형님."

"말해라."

"대체 연아 누님 아버지가 누군데 형님, 누나들이 저러는 거예요?"

조금은 이해가 가지 않는다는 석대림의 얼굴.

명진이 시간을 끌지 않고 덤덤한 얼굴로 대꾸했다.

"제갈가주."

맹주전으로 들어서던 황권이 얼굴을 찌푸렸다.

입구에 들어설 때부터 혹 풍겨 오는 술 냄새.

여느 때와 마찬가지로 서문경과 술판을 벌이고 있는 진산의 모습에 한숨부터 나오려 하는 황권이었다.

그러나 억지로 깊은 한숨을 참아 낸 황권은 진산에게로 가서 고개를 숙였다.

"맹주님, 저 왔습니다."

"어? 황 원주! 황 원주가 이 시간에 어쩐 일이야? 아니, 아니. 이럴 때가 아니고…… 이리 와서 한 잔 받게."

진산이 남은 술을 쭉 들이켜더니 제 손의 술잔을 건네려 했다.

황권이 고개를 저었다.

"아직 업무 중입니다. 잔은 나중에 받도록 하겠습니다."

진산의 얼굴이 대번에 구겨졌다.

"거 사람 참 융통성 없기는. 그러지 말고 한 잔만 받아. 그 정도면……."

그러나 이번에도 황권은 고개를 저었다.

그리고는 진산과 시선을 맞추며 용건을 꺼냈다.

"드릴 말씀이 있어 찾아왔습니다."

"그래? 무슨 말? 해 보게."

시뻘겋게 달아오른 얼굴에 흐리멍덩한 눈.

그리고 혀가 꼬부라지는지 발음조차 불분명했다.

술에 취해도 단단히 취한 모습이었다.

'기억은 할 수 있으려나?'

잠깐 고민했지만 이내 고개를 젓고 말았다.

차라리 이편이 낫다 여긴 것이다.

'나중에 한소리 들을지도 모르겠다만, 그래도 맹이 시끄러워지는 것보다는 낫겠지.'

마음을 정한 황권이 다시금 진산과 시선을 맞추며 입을 열었다.

"그 아이들이 돌아왔습니다."

"그 아이들? 누구?"

"소무결과 운현 등 말입니다. 지금 용봉관에 돌아왔는데, 아무래도 무언가 조치를 취해야 할 것 같아서 말입니다."

외부에 알려지지 않았다 뿐이지, 소무결 등이 절강으로 향해 이 년 동안 소식이 없었던 것은 정무맹의 고위층이면 누구나 알고 있는 사실이었다. 본을 보이기 위해서라도 무언가가 필요한 시점이었다.

그러나 진산은 헤실거리는 얼굴로 고개를 저을 뿐이었다.

"사람 참 융통성 없기는. 그때 다 해결됐다고 하지 않았나? 그냥 내버려 둬."

"하지만 보는 눈이……."

"제깟 놈들이 보면 어쩔 거야? 내가 지시한 일인데. 그건 그렇게 하고 이리 와서 술이나 한 잔……."

자신의 생각이 정확히 들어맞았다.

그러나 좋아해야 할지 싫어해야 할지 확신이 들지 않는 황권이었다.

그러나 한 가지는 확실했다.

"술잔은 나중에 받도록 하겠습니다. 전 아직 일이 남아서."

그리고는 미련 없이 신형을 돌리는 황권.

못마땅하다는 듯 혀를 차는 소리가 등 뒤에서 들려왔지만 그는 애써 무시하며 맹주전을 나섰다.

그리고 황권의 기척이 멀어질 때쯤.

흐리멍덩하던 진산의 두 눈이 반짝이며 제 빛을 찾아갔다.

진산이 서문경을 쳐다봤다.

"이 정도면 되겠습니까?"

진산의 물음에 서문경 역시 언제 취기가 돌았냐는 듯이 맑은 눈동자로 고개를 끄덕였다.

"물론입니다. 이 정도면 그 녀석들도 방심하겠지요."

서문경의 대꾸에 진산이 고개를 끄덕였다.

그리고는 딱딱한 얼굴로 다시 한 번 당부하는 것을 잊지 않았다.

"그렇다고 해도 오래 잡아 둘 수 있다고는 생각하지 않습니다. 그쪽에서 더 빨리 움직일 필요가 있습니다."

"물론입니다. 좀 더 재촉해 보겠습니다."

서문경의 확답에 진산이 만족스럽다는 얼굴을 하더니 술잔을 들었다.

"일단은 마십시다. 내 서문 장로에게 신세 진 일은 꼭 기억하고 있겠습니다."

서문경이 들어서자 팽도명이 자리에서 일어섰다.

"어떻게 되었습니까?"

조금은 초조해 보이는 팽도명과는 달리 서문경은 잔잔한 미소를 보이며 고개를 끄덕였다.

"잘 풀렸습니다. 맹주가 협력하기로 했습니다."

"다행입니다. 서문 장로가 고생하셨습니다."

"딱히 고생이랄 것도 없었습니다. 맹주도 그만큼 급했으니까. 그보다, 남궁은 어떻게 되었습니까?"

서문경의 질문에 팽도명의 안색이 어두워졌다.

그와 동시에 상황을 눈치 챈 서문경 역시 얼굴을 찌푸렸다.

"역시…… 어렵습니까?"

팽도명이 고개를 끄덕였다.

"남궁세가에 우리 가문의 사람을 보냈지만 문을 열어 보지도 못했다고 합니다. 아무래도 남궁세가는 잊어야 할 것 같습니다. 그래도……."

여지를 남기는 팽도명의 말에 서문경이 고개를 갸웃거렸다.

"그래도?"

"잘하면 제갈세가를 끌어들일 수 있을지도 모르겠습니다. 제갈세가와 연락이……."

팽도명이 말을 마치기도 전에 서문경의 두 눈이 동그랗게 떠졌다.

"제갈세가요? 사실입니까?"

"그렇습니다."

"어, 어떻게…… 제갈세가는 쉽지 않을 텐데요?"

의문이 가득한 서문경의 눈초리에 팽도명이 픽 웃음을 보이며 말했다.

"서문 장로가 잘 모르셔서 그러시겠지만, 사실 제갈세가가 가장 쉽습니다. 계산만 정확하다면요."

팽도명의 말에 어떻게 된 일인지 단번에 파악한 서문경이다.

서문경이 웃음이 가득한 얼굴로 목소리를 냈다.

"남궁이 저 모양이라서 걱정이 많았는데 제갈세가라니, 이거 참 다행이군요."

"사실 남궁은 어떻게 나올지 모르는 놈들이라서 애초에 기대를 걸기가 무리이긴 했습니다. 그보다 그쪽은 어떻게 되었습니까? 누가 함께하기로 했습니까?"

"이쪽도 기대해도 좋습니다. 제갈세가만큼이나 의외의 곳이 함께하기로 했으니까요."

서문경의 말에 이번에는 팽도명이 고개를 갸웃거렸다.

"의외의 곳? 그럴 만한 곳이 있습니까?"

오대세가보다 더 파고들기 힘든 것이 구파일방이다. 그 중에서 비교적 결속력이 느슨한 공동이나 점창, 청성 정도를 제외하면 설득하기가 불가능하다 여긴 것이다.

팽도명이 호기심을 참지 못하고 서문경을 재촉했다.

"공동, 점창, 청성 이외에 또 누가 있습니까?"

한껏 달아오른 팽도명을 앞에 두고 서문경은 대답 대신 차를 홀짝였다.

자신의 조급함을 알면서도 모른 체하는 서문경이 얄밉게 보이는 팽도명이었다.

팽도명이 얼굴을 찌푸리며 재차 재촉하려는 찰나.

서문경이 목소리를 낮추며 입을 열었다.

"화산의 공손 장로가 함께하기로 했습니다."

서문경의 말에 팽도명이 입을 쩍 벌렸다.

"화, 화산……."

철무한이 불만스럽다는 표정으로 손을 들어 제 얼굴을 더듬거렸다.

"이게 뭐야? 찝찝하게. 꼭 이렇게까지 해야 해?"

얼굴에 무언가를 덕지덕지 붙인 탓에 원얼굴을 찾아보기 힘들었던 것이다.

그러나 다들 철무한의 불만을 모른 체했다.

들은 체도 하지 않는 다른 이들을 보며 철무한이 볼을 잔뜩 부풀리며 목소리를 높였다.

"사람 말이 말 같지 않아? 꼭 이렇게까지 해야 하냐고! 이게 뭐야? 잘생긴 얼굴 다 죽여 놓고…… 이래서는 여자도 못 만난다고……."

계속된 투덜거림에 참다못한 운현이 얼굴을 찌푸리며 철무한을 돌아봤다.

"그게 불만이면 그냥 가든가. 맨얼굴로 돌아다니다가 누가 알아보기라도 하면? 그거 감당할 자신은 있고?"

"그러니까 알아볼 사람 없다니까? 무일이 말이……."

"그건 네 생각이고. 맹에 사람이 얼마나 많은데 그걸 확신해? 가급적 조심하는 게 좋다고. 걸리면 진짜 큰일 난다 니까."

운현의 말에 더 할 말이 없어진 철무한이 끙 하고 앓는 소리를 냈다.

그러나 여전히 가득한 불만은 쉽사리 풀리지 않는지 제 분을 참지 못하고 여전히 씨근덕거리고 있을 때.

천영영과 제갈연이 승룡각으로 들어섰다.

철무한의 불만을 모른 체하며 눈치만 보고 있던 석대림 이 자리에서 벌떡 일어섰다.

그리고는 천영영과 제갈연의 뒤를 유심히 살폈지만 자신 이 원하는 바를 찾지 못했다.

석대림이 얼굴을 찌푸리며 천영영에게 질문했다.

"영영이 누나, 운설이 누나는?"

천영영이 말없이 고개를 저었다.

석대림이 시무룩한 얼굴을 하는데 당소문이 자리에서 일 어서며 목소리를 냈다.

"만나는 봤나?"

당소문의 질문에 석대림과 마찬가지로 조금은 기분이 처 져 있는 천영영을 대신해 제갈연이 고개를 저었다.

"아니. 이번에도 공손 장로님이 막아서서 얼굴도 못 봤어."

제갈연의 말에 당소문은 이해가 가지 않는다는 얼굴을 했다.

이제 와서 자신들과 백운설을 떼어 놓는 연유를 이해할
수 없었기 때문이다.

운현 역시 얼굴을 찌푸리며 투덜거렸다.

"아니, 무슨 애도 아니고 뭘 그렇게 싸고돈데? 운설이도
그래. 적당히 빠져나오면 될 걸 가지고 꽁꽁 틀어박혀서는.
걸려 봐야 몇 대 맞고 마는 건데."

천영영이 얼굴을 찌푸리며 운현을 쳐다봤다.

"넌 말을 해도 꼭. 운설이가 너랑 같은 줄 알아?"

"그럼 그러고 있는 게 잘하는 짓이야? 나이가 몇인데 아
직도 남한테 끌려다녀서는…… 쯧. 한심하게."

"공손 장로님이야. 운설이한테는 남이 아니라고."

"뭔 소리야? 가족이나 사부님 아니면 다 남이지, 그게 어
떻게 남이 아냐?"

운현의 말에 천영영이 표독스럽게 눈매를 좁혔다.

"그래? 그럼 나도 남이겠네?"

"어?"

"어는 무슨. 네가 그랬잖아. 사부님이나 가족 아니면 다
남이라고. 그럼 나도 남이겠네? 왜? 내 말이 틀려?"

"아, 아니 그게 아니고…… 내 말은……."

"됐어! 이제 나한테 말 걸지 마. 남한테 뭣하러 말을 걸
어? 시간 아깝게. 저리 가."

천영영이 냉기를 풀풀 날리며 신형을 돌렸다. 운현이 울

상을 하며 그 뒤를 따랐다.

"아, 아니…… 영영아, 그게 아니고……."

그리고 그 순간 승룡각으로 들어서는 소무결.

소무결이 밖으로 빠져나가는 천영영과 운현을 힐끔거리며 말했다.

"쟤들은 또 왜 저래? 어째 바람 잘 날이 없네."

철무한이 어깨를 들썩였다.

"내버려 둬. 사랑싸움하는 거니까. 그보다 넌 어딜 그렇게 돌아다니는 거야? 얼굴 보기도 힘들게."

"왜? 내 얼굴 보고 싶었어?"

여느 때처럼 꼬질꼬질한 얼굴에 누런 이가 철무한을 향했다.

철무한이 얼굴을 와락 구겼다.

"미쳤냐? 내가 널 보고 싶게? 그보다 무슨 일로 돌아다닌 건지 말이나 해 봐. 정무맹에 오자마자 튀어 나가서 뭘 하고 다닌 거냐?"

"아, 그거……."

소무결이 말끝을 흐리며 얼굴을 찌푸렸다.

철무한이 고개를 갸웃거리며 재차 질문했다.

"왜? 골치 아픈 일이야?"

"그래. 이게 좀 꼬여서……."

"왜? 무슨 일인데?"

호기심을 품은 것은 철무한만이 아니었다. 제갈연과 당소문, 그리고 석대림까지 슬금슬금 소무결의 주위로 몰려들었다.

그러나 명진은 여전히 한쪽 구석에서 가부좌를 튼 채 미동도 하지 않았다.

소무결이 못마땅하다는 얼굴로 명진을 쳐다봤다.

"저 자식은 진짜…… 하여간 무심하다니까. 제 일 말고는 관심도 없지."

그 말에 소무결의 시선을 따라 힐끔 명진을 쳐다본 철무한은 이내 고개를 저었다.

"저래 보여도 다 듣고 있으니까 말이나 해 봐."

"응? 다 듣고 있다니? 쟤 운기하는 거 아니야? 운기하는 것 같은데……."

"맞아. 근데 다 듣고 있어. 그러니까 말이나 해 봐. 무슨 일이야?"

철무한의 말에 소무결이 눈을 동그랗게 떴다. 다른 이들 역시 마찬가지였다.

소무결이 황당하다는 얼굴을 했다.

"운기하는데 다 듣고 있다고? 그게 말이……."

"나중에 설명해 줄게. 그러니까 일단 그것부터 말해 봐. 대체 무슨 일인데?"

초롱초롱한 눈으로 한 발자국도 물러서지 않는 철무한.

아무래도 제 의문을 풀기 전까지는 자신이 원하는 대답을 들려주지 않을 것 같은 태도였다.

소무결이 한 발자국 물러서며 말했다.

"그럼 내가 먼저 말해 줄 테니까 너도……."

"알았다니까. 그러니까 얼른 말해 봐."

철무한이 냉큼 고개를 끄덕였다.

그 모습을 본 소무결이 입을 떼며 목소리를 내려다가 한숨을 푹 내쉬었다.

철무한이 호기심이 가득한 얼굴로 소무결을 재촉했다.

"왜 그래? 대체 무슨 일인데?"

"그게……."

"그게 뭐? 말 좀 해 봐."

"아무래도…… 우리 사부가 맹주가 될지도 모르겠다."

"뭐?"

철무한은 마찬가지고 제갈연 등도 화들짝 몸을 떨며 눈을 동그랗게 떴다.

그리고 머릿속이 정지된 듯한 느낌에 다들 입을 떼지 못하고 눈만 깜빡거리고 있는데 가장 먼저 정신을 차린 제갈연이 목소리를 냈다.

"그, 그게…… 맹주라면 혹시 정무맹주?"

그리고 소무결은 제갈연의 물음에 다른 가능성을 제시했다.

"아니면 맹이 둘로 쪼개지거나."

임한상이 자신만큼이나 살이 쏙 빠진 임무일을 뿌듯하다는 얼굴로 쳐다봤다.

볼 때마다 같은 얼굴이었다.

봐도 봐도 질리지가 않는다는 모습이었다.

제 아비의 부담스러운 눈길에 임무일이 머쓱한 얼굴로 머리를 긁적였다.

"아버지, 하실 말씀이 있다고……."

"어? 그, 그래."

임무일의 목소리에 그제야 정신이 번쩍 든 임한상이었다.

작게 고개를 저어 잡념을 날려 버린 임한상이 다시 말을 꺼내기 시작했다.

"상단의 일에는 곧잘 적응하고 있다고 들었다."

"매일 하던 일인데요, 뭘. 딱히 적응이랄 것도 없습니다."

"그래도 이 년이란 공백이 있으니 좀 더 신경 쓰도록 하거라. 작은 것도 놓치지 않는 것이 좋다. 상인에게는 신용이 생명이니까."

"물론이죠. 세 번 돌아보겠습니다."

"여전히 잊지 않았구나."

"어렸을 때부터 귀에 딱지가 앉도록 들은 말인데, 그걸 어떻게 잊겠습니까? 그보다……."

임무일이 슬며시 임한상의 눈치를 봤다.

"하시고 싶은 말씀은 그게 아닌 것 같은데요."

예나 지금이나 눈치가 빠른 임무일이다.

고작 근황이나 물으려고 자신을 찾은 것이 아니라는 것을 어렵지 않게 눈치 챈 것이다.

임무일이 핵심을 찌르자 임한상이 이전과는 달리 얼굴을 딱딱하게 굳히며 목소리를 낮췄다.

"문제가 좀 있다."

임무일이 덩달아 긴장하며 임한상을 따라 목소리를 낮췄다.

"문제요? 무슨 문제길래……."

임무일의 질문에 임한상은 말을 돌리지 않았다.

"아무래도 상단에 간자가 있는 것 같다."

임한상의 말에 긴장하던 임무일이 이해가 가지 않는다는 얼굴로 고개를 갸웃거렸다.

타 상단, 혹은 정무맹의 간자가 숨어드는 것은 일상이기 때문이다.

"간자요? 그건 항상……."

그러나 임한상은 여전히 딱딱한 얼굴로 고개를 저으며 임무일의 말을 끊었다.

"그들이 아니다. 아무래도 다른 세력이 있는 것 같다."

"다른 세력이요?"

여전히 이해가 가지 않는 말이었다.

그 모습을 쳐다보던 임한상이 결국은 제 속을 털어놨다.

"아무래도 소주가 이상하구나. 계속 조사를 하고 있다만……."

그 순간 임무일이 눈을 동그랗게 떴다.

"소주요? 작은아버지?"

임한상이 고개를 저었다.

"확실하진 않다. 그래서 지금 조사 중이다."

임무일은 한동안 믿을 수 없다는 얼굴로 눈만 깜빡거렸다.

그리고는 조금 시간이 지난 후에야 심각한 얼굴로 목소리를 냈다.

"아, 아버지께서 조사하실 정도면……."

"아직 확실하지 않다 했다. 넘겨짚지 말거라."

임한상이 다시 한 번 고개를 저었다.

그리고는 조금 임무일에게 상체를 기울였다.

"그래서 말인데……."

"말씀하십시오."

"아무래도 내가 직접 움직이는 것에는 제한이 많다 보니 시선이 신경 쓰여서 함부로 움직일 수가 없더구나. 그래서 제법 시간이 지났는데도 알아낸 것이 많지 않구나."

임한상의 의도는 명확했다.

"그, 그 말씀은……."

"네가 알아보거라. 너 역시 지켜보는 시선이 많겠지만 나만큼은 아닐 테니까. 네가 알아 오거라."

임한상의 말에 임무일이 침을 꿀꺽 삼켰다.

"야, 인마! 대체 어떻게 된 거야?"

정주형이 임무일의 방문을 벌컥 열었다.

무언가를 내려다보며 심각한 얼굴을 하고 있던 임무일이 눈을 동그랗게 떴다.

"너희들……."

정주형을 필두로 신응교로 돌아간 안은희를 제외한 친구들이 한꺼번에 들이닥친 탓이다.

철소화가 냉큼 임무일 앞으로 다가서며 말했다.

"오빠, 폐관이라니? 이게 대체 어떻게 된 거야? 무슨 사고 친 거야? 무슨 일이길래 숙부님이 폐관까지 하라 한 거야? 밖에서 애라도 만든 거야? 진짜 그런 거?"

임무일이 얼굴을 찡그렸다.

"조그마한 게 못 하는 말이 없어. 그런 거 아니거든."

"아니야? 그럼 누굴 죽였다든가, 숙부님한테 쌍욕이라도 했다든가……."

"아니라고, 자식아! 이게 누굴 패륜아로 만들고 있어. 벌 받는 거 아니라고."

"어? 벌 받는 게 아니야? 그런데 왜 폐관이야? 오빠, 그거 답답하다고 무지 싫어하잖아. 예전에 숙부님이 오빠 폐관 하라고 했을 때 삼 일도 못 참고 가출한다고 난리 쳐 놓고……."

"그게……."

임무일이 난감하다는 얼굴로 말꼬리를 흐렸다.

그 때 여태껏 임무일의 아래에 놓인, 무언가가 빼곡히 적힌 종이를 유심히 살피고 있던 고민우가 질문했다.

"이건 뭐냐? 소주지부 상행 일정 같은데, 이걸 왜……."

고민우의 말에 다른 이들의 시선이 종이로 몰려드는 것을 확인한 임무일이 끙 하고 앓는 소리를 냈다.

'이것부터 치웠어야 했는데…….'

당황해서 한발 늦은 것이다.

그러나 임무일은 곧 마음을 고쳐먹었다.

'아니지. 어차피 한번 불러 보려고 했으니까.'

임무일이 고민우를 쳐다보며 선선히 고개를 끄덕였다.

"맞아. 상행표야."

철소화가 이해가 가지 않는다는 얼굴로 임무일을 쳐다봤다.

"이건 왜 보는 거야? 오빠는 본단만 신경 쓰면 되는 거 아니었어? 지부 쪽은 각자 알아서 하고 결과만 보고받는 것 아니야?"

"맞아. 그런 거."

"근데 왜 이걸……."

철소화가 여전히 의문이 가득한 얼굴로 고개를 갸웃거렸다.

잠시 말을 끊은 임무일이 시선을 들어 자신의 거처를 가득 메운 친구들의 면면을 찬찬히 둘러봤다.

그리고는 조금 목소리를 낮추며 말을 꺼냈다.

"안 그래도 너희들 한번 보려고 했는데……."

"우리를? 왜? 진짜 무슨 일 있어?"

철소화가 제 손가락으로 자신을 가리켰다.

임무일이 고개를 끄덕이며 말을 이어 나갔다.

"이게 아무래도 문제가 좀 있는 것 같은데 그걸 아버지가 나한테 맡기셨거든. 근데 혼자서는 조금 무리인 것 같아서 말이지."

"문제? 무슨 문제?"

철소화의 의문이 꼬리에 꼬리를 물었다.

임무일이 무언가를 대답하려는 찰나, 끈질기게 상행표를 읽어 내린 혁련강이 그제야 고개를 들어 의문을 표했다.

"근데 상행이 원래 이렇게 띄엄띄엄 있어? 만금장 본단은 매일같이 몇 번씩이나 사람들이 빠져나가고 들어오는 것 같던데. 거기에 간격도 일정하고. 어디 특정 거래처만 상대하는 거냐?"

"아니 그건 아니고……."

"그럼? 이건 일정이 왜 이래?"

"그게 우리 작은 아버지랑 그 식솔들 일정만 모아 놓은 거라서 그래. 그래서 규칙적인 거지."

임무일의 말에 그제야 다들 알아들었다는 듯이 고개를 끄덕였다. 그러나 그와 동시에 무거운 분위기가 임무일의 거처에 내려앉았다. 그 이면에 깔린 뜻을 어렵지 않게 눈치챈 탓이다.

정주형이 얼굴을 찌푸리며 말했다.

"이거 또…… 못 볼 꼴 봐야 하는 거냐?"

그리고는 아차 하는 얼굴로 철소화를 힐끔거렸다.

그러나 철소화는 아무렇지도 않다는 얼굴로 고개를 저었다.

"됐어. 난 괜찮으니까. 그보다, 진짜 주형이 오빠 말이 맞아? 그런 거야?"

"그건 나도 모르지."

"뭔 말이야? 이렇게 상행표 쫙 모아 놓고 모른다는 게? 그럼 이건 뭐하러 검토하는 건데?"

"모르니까 이제부터 알아보려고. 진짜 작은 아버지가 연관뒀는지 아닌지. 그래서 말인데, 너희들 시간 좀 있냐?"

임무일의 말에 철소화 등이 서로를 번갈아 쳐다봤다.

패천성의 후기지수들이 대거 폐관에 들어갔다는 소문이
돌았다.

평소라면 시끌벅적할 만한 일이었지만 순무대전이 이 년
이 채 남지 않은 시점이라 사람들의 관심을 크게 끌어모으
지 못했고, 관심을 가졌던 몇몇 이들 역시 곧 시들해져 버
리는 모양새였다.

그리고 조금 시간이 지나자 아무 일도 없었다는 듯이 사
람들의 기억에서 희미해져 갔다.

임무일 등이 움직인 것은 바로 그 때였다.

각자 집 안에서 입던 화려한 복장은 집어 던지고 가벼운
차림새로 약속 장소로 하나둘씩 모여들었다.

조희진과 함께 마지막으로 약속 장소에 나타난 철소화가
임무일 등을 둘러보며 헤실거리며 웃음을 보였다.

"이러고 있으니까 옛날 생각난다. 그때는 이런 옷 입고
막 아무렇게나 뒹굴고 다녔는데."

유난히 과거에서 빠져나오지 못하는 철소화였다.

경험상 내버려 두면 한 세월이라는 것을 알아챈 임무일

이 얼른 말을 돌렸다.

"이래야 여러 의미로 움직이기가 편하니까. 그보다 얼른 가자. 이러다 늦겠다."

"늦다니? 왜? 누구 만나기로 했어?"

"아는 게 너무 적어서. 그래서 신무문주 만나기로 했지."

임무일의 말에 철소화가 얼굴을 찌푸렸다.

"난 그 아줌마 싫은데……"

한때는 혈육 같은 관계였지만 이제는 남보다도 못하다는 듯이 꺼림칙한 기분이 들었기 때문이다.

철소화만큼 노골적이진 않았지만 다른 이들 역시 썩 내키지 않는다는 듯한 기색을 내보였다.

임무일이 고개를 저었다.

"그렇다고 맨 땅에 머리 박아 가면서 알아볼 순 없는 거 잖아. 뭐라도 좀 알고 가는 게 편하지."

"그래도……"

그러나 철소화의 안색은 여전히 나아지지 않았다.

앞서 입은 상처의 흔적이 아직까지도 완전히 지워지지 않은 탓이었다.

임무일이 쩝 하고 입맛을 다셨다.

그리고는 친구들을 휙 돌아보며 말을 꺼냈다.

"그럼 너희들은 여기 있을래? 나 혼자 잠깐 다녀오면 되니까."

그러나 그건 또 그것대로 싫었다.

철소화가 고개를 저었다.

"됐어. 같이 가. 눈 한번 딱 감지 뭐……."

그러나 여전히 퉁명스런 말투에서 그녀의 불편한 심기가 여실히 드러나고 있었다.

임무일이 다 안다는 얼굴로 픽 웃음을 흘리더니 소리 없이 훌쩍 몸을 날렸다.

철소화가 당황한 얼굴을 했다.

"어? 어? 같이……!"

그 순간 부드럽게 자신의 허리를 감싸 안는 손길.

조희진이 철소화를 낚아채더니 다른 친구들과 더불어 단숨에 임무일의 뒤로 따라붙었다.

"할아버지는…… 나만 이게 뭐야? 이럴 줄 알았으면 어떻게든 주 씨 할아버지한테 배우는 건데……."

자신만 뒤처진 것이 아직도 마음에 남은 철소화였다.

여러 가지로 불만이 가득한 철소화가 입술을 삐죽거리는데, 그 모습을 힐끔 쳐다본 조희진이 저도 모르게 미소를 지었다.

그리고 채 일각도 되지 않아 당도한 신무문 하문 지부의 후문.

임무일이 앞장서서 문을 두드리자 노파 하나가 문을 열고 나와 임무일을 맞이했다.

"오셨습니까? 그런데 이분들은······."

"알면서 왜 그래? 얼른 안내나 해. 신무문주 어디 있어?"

하수란에 대한 조금의 예의도 갖추지 않는 임무일의 태도에 노파가 은연중에 못마땅하다는 기색을 내보였다.

그 모습을 본 철소화가 표독스런 눈으로 목소리를 냈다.

"어쭈? 불만? 불만 있으면 말해. 확 다 불 싸질러서 흔적도 안 남게 해 줄 테니까."

철소화의 말에 노파가 얼굴을 찡그렸다.

임무일이 얼른 나서며 둘 사이를 막아섰다.

"넌 또······ 싸우자고 온 거 아니거든. 적당히 좀 해. 좀 참으라고."

그리고는 노파를 향해 손짓을 했다.

"괜히 애 건드리지 말고 얼른 안내나 해. 진짜 신무문 지부 하나 사라지는 거 보기 싫으면."

임무일의 말에 노파가 한숨을 푹 내쉬더니 어디론가 앞장서며 일행을 안내했다.

몇 개의 화려한 전각을 거치고 이내 후미진 곳에 위치한 허름한 전각 안으로 들어서는 노파.

그 모습을 보며 철소화가 눈매를 가늘게 좁혔다.

"이거 또 헛짓거리 하는 거 아니야?"

그러나 노파는 대답 없이 묵묵히 걸음을 옮기기만 했다.

철소화가 잔뜩 골이 난 얼굴로 더는 참지 못하고 팔을 뻗으려 할 때, 고민우가 고개를 저으며 철소화를 제지했다.

"그런 거 아니야. 원래 신무문이 조심성이 많잖아. 그래서 그런 거지."

그리고 그 말이 끝나기 무섭게 방문을 두드리는 노파.

똑. 똑. 똑.

"문주님, 만금장의 소장주님을 모시고 왔습니다."

"들여보내라."

나직한 목소리가 뒤따르고 방문이 활짝 열리더니 작은 방 안에서 하수란과 하유선이 일행을 맞이했다.

그리고 그 둘을 본 철소화의 얼굴은 점점 더 심통을 더해 갔다.

임무일은 방 안으로 들어서기에 앞서 철소화에게 단단히 주의를 줬다.

"넌 한마디도 하지 마라. 그게 싫으면 아예 나가 있던 가."

철소화가 표독스런 눈으로 하수란과 하유선을 한참이나 노려봤다.

그러나 끈질기게 자신의 대답을 기다리는 임무일의 모습에, 여전히 내키지 않는다는 얼굴로 억지로 고개를 끄덕였다.

"알았어."

그제야 임무일의 딱딱했던 얼굴이 풀리며 저도 모르게 철소화의 머리를 쓰다듬으려 했다.

철소화가 임무일의 손길을 탁 하고 쳐냈다.

"머리! 머리 만지지 말랬지!'

임무일이 웃으며 고개를 끄덕였다.

"알았어, 알았어."

그리고 뒤돌아섰을 때는 임무일 역시 부드러운 표정은 온데간데없었고, 어딘가 모르게 사무적인 얼굴이었다.

딱딱한 얼굴로 하수란의 앞에 다가선 임무일이 가볍게 고개를 숙였다.

"간만에 뵙습니다."

임무일뿐만이 아니다.

함께 몰려온 패천성의 후기지수들 모두가 같은 얼굴이었다.

꽤나 시간이 지났지만 자신에게 여전히 적대감을 표출하는 그들의 태도에 하수란이 나직이 한숨을 내쉬었다.

그러나 얼굴 고개를 저으며 임무일과 시선을 마주했다.

"그래, 오랜만이구나. 다행히 너희들은 좋아 보이는구나."

형식적으로나마 안부를 묻는 하수란.

그러나 고개를 저으며 그마저도 잘라 버리는 임무일이었다.

"제가 부탁드린 것부터 보도록 하지요."

어지간하던 하수란마저도 이제는 기분이 상하려는지 눈

섭을 꿈틀거리려는 찰나.

하유선이 먼저 불만을 토로했다.

"무일이 너 너무한 거 아냐? 아무리 우리가 잘못했어도 이건 아니지. 그래도 옛 정이라는 게 있는데……."

그러나 임무일의 표정은 여전히 변화가 없었다.

임무일이 차가운 얼굴로 하유선의 말을 잘라 냈다.

"그걸 끊어 낸 건 너와 신무문주다."

"그래도……."

그러나 하유선은 여전히 할 말이 많은지 재차 말을 이어 가려 할 때, 하수란이 하유선을 쳐다보며 절레절레 고개를 저었다.

"되었다. 준비한 것이나 이리 주거라."

"하, 하지만……."

"되었다고 하지 않느냐? 그만하거라."

그리고는 손을 뻗는 하수란.

하유선은 어쩔 수 없다는 얼굴로 무언가 두툼한 책자를 하수란에게 건넸다.

그리고 그것을 본 임무일이 눈을 빛냈다.

"그건……."

"지난 이 년간 소주의 네 혈육들이 누굴 만났는지 모조리 정리해 둔 것이다. 가벼운 만남부터 은밀한 만남까지. 이런 것은 아무리 만금장이라도 구하기 어렵지. 네가 원하는 것은 아마 이 안에서 찾을 수 있을 것이다."

"감사합니다."

임무일이 고개를 끄덕이며 손을 뻗으려 할 때, 다시금 책자를 회수하는 하수란이었다.

원하는 것을 얻지 못한 허전한 느낌에 임무일이 눈을 찌푸렸다.

"왜……?"

"몰라서 묻느냐? 너는 내게 무엇을 줄 것이냐? 네 말대로 옛 관계는 끊어졌으니, 이제는 가는 것이 있으면 마땅히 오는 것이 있어야 하지 않겠느냐?"

순간 말문이 막히는지 임무일이 난감한 얼굴을 했다.

그리고 여태껏 임무일과의 약속을 지키느라 입을 다물고 있던 철소화가 발끈한 얼굴을 했다.

"이 아줌마가 진짜 보자 보자 하니까! 가만히 있으니까 내가 우습게 보여? 그거 당장……!"

그리고 그 순간 철소화의 앞을 막아서는 임무일의 손길.

철소화가 불만을 감추지 않은 얼굴로 임무일을 쳐다봤다.

"왜 또?"

"말하지 말라고 했다."

"하지만……"

임무일이 고개를 저어 철소화의 입을 틀어막았다.

그리고는 흥미롭다는 얼굴로 자신들을 지켜보는 하수란과 다시 시선을 맞췄다.

"돈이라면 아버지께 청구하십시오. 원하는 만큼 얼마든지."

그러나 하수란은 고개를 저었다.

"그게 아니다."

"그, 그럼……."

의문이 가득한 임무일의 눈길을 받은 하수란이 제 딸인 하유선을 쳐다봤다.

"이 일에 우리 유선이도 데려가거라. 그것이면 된다."

하수란의 말에 하유선이 화들짝 놀라며 눈을 동그랗게 떴다.

"어, 어머니!"

참룡
회귀록

斬龍回歸錄

참룡
회귀록

斬龍
回歸

65 章.

신응교가 위치한 구주의 외곽.

버려진 지 한참이나 된 듯 허름한 사당에 자리를 잡은 임무일은 하수란에게 받은 책자를 다시금 정독하기 시작했다.

그 모습을 보며 정주형이 미간을 찌푸렸다.

"저 자식 또 시작이네. 벌써 몇 번이나 본 것 같은데 또 봐? 아예 통으로 외워 버릴 생각인가?"

정주형의 시선을 따라간 고민우가 임무일을 힐끔 쳐다보고는 정주형의 말에 대꾸했다.

"그게 가장 좋긴 하지. 그게 아니라도 혹시 놓치는 부분은 없어야 하니까 두 번, 세 번 보는 거고."

"그래도 할 일은 좀 하면서 해야 할 거 아냐? 저 책 잡고 늘어지는 통에 매번 우리가 밥하는 거 몰라서 그래?"

여전히 불만이 가득한 정주형의 얼굴.

틈이 날 때마다 책자를 붙들고 늘어지는 탓에 잡일은 자신들이 도맡았기 때문이다.

그 때 철소화가 끼어들었다.

"그럼 오빠가 저 책 읽고 분석할 거야? 오빠가 대신해 주겠다고 하면 무일이 오빠도 밥하고 땔감 주워 오고 할걸?"

철소화의 말에 정주형이 잠시 솔깃한 얼굴을 했다.

그러나 정말 잠시였다.

아무리 읽어도 끝이 보이지 않을 정도로 두툼한 책자는 정주형의 마음을 돌리기에 충분했던 탓이다.

"됐다. 그냥 밥 좀 하고 말지 뭐. 저 짓은 죽어도 못 할 것 같아."

그리고는 미리 주워 온 땔감을 끌어모아 불씨를 지피는 모습이었다.

고민우와 철소화도 쉬지 않고 부지런히 움직이며 저마다의 일을 찾아갔다.

반면 그들을 따라잡느라 한계 이상으로 힘을 쓴 탓에 한쪽 구석에 늘어진 채 다 죽어 가는 얼굴을 하고 있던 하유선은 신기하다는 눈으로 그들을 쳐다봤다.

'잘하네……'

저들의 신분을 생각하면 한 번도 경험해 보지 못했을 법한 일들을 어렵지 않게 해 나가고 있었다. 그것도 꽤나 손에 익은 것인지 막힘이 없었다.

하유선의 두 눈에 이해가 가지 않는다는 감정과 그것에 대한 호기심이 동시에 자리 잡았다.

그러나 하유선은 차마 먼저 그들에게 다가서지 못했다.

자존심 때문이 아니었다. 그들이 자신에게는 눈길조차 주지 않은 탓이었다.

억지로라도 다가가려 했지만, 그때마다 돌아온 것은 차가운 냉대와 의도적인 무시였다.

임무일이 가끔씩 필요할 때마다 말을 걸어오긴 했지만, 그것도 잠시뿐.

저들과 그녀 사이에는 여전히 깊은 불신의 골이 자리해 있었다.

자연히 기가 죽은 하유선이 자신의 호기심을 꾹꾹 눌러 두던 그 때, 어느덧 매캐한 연기를 피워 내던 정주형이 문득 고개를 들었다.

"어라? 왔나 본데?"

고민우가 고개를 끄덕였다.

"그러게. 생각보다 빠르네. 시간이 좀 걸릴 줄 알았더니."

그리고 그 순간 사당 안으로 불쑥 모습을 드러내는 일남이녀.

혁련강과 조희진, 그 사이에서 안은희를 찾아낸 철소화가 반색을 했다.

"언니!"

"소화야!"

철소화와 두 손을 맞잡은 안은희가 반가움이 가득한 눈으로 철소화를 요리조리 뜯어봤다.

"잘 지냈어? 어머! 요 계집애 좀 봐. 고새 더 예뻐졌어."

뺨을 가볍게 꼬집자 앙앙거리며 매달리는 철소화와 환담을 주고받던 안은희는 한참 후에야 주위를 둘러봤다.

그리고는 정주형과 고민우를 향해 손을 흔들었다.

"너희들도 잘 지냈어?"

"왜? 아는 척도 하지 않더니, 이제 좀 궁금해졌나 봐?"

불퉁한 얼굴로 투덜거리는 정주형.

그런 정주형을 툭 치며 앞으로 나선 고민우가 고개를 끄덕였다.

"잘 지냈다. 근데 생각보다 빨리 빠져나왔다? 숙부님이 선선히 보내 주셨어?"

"아, 그거? 안 물어봤는데?"

"응?"

"뭐라고?"

정주형과 고민우가 동시에 움찔 몸을 떨었다.

그러나 안은희는 헤실거리는 얼굴로 고개를 저었다.

"물어보고 말고 할 게 뭐 있어? 나도 이제 성인인데. 그냥 편지 한 장 써 두고 나왔어."

"뭐, 뭐?"

"뭔 소리야? 그걸 왜 안 물어봐?"

안은희의 대꾸에 고민우와 정주형이 황당하다는 얼굴을 했다.

그러나 안은희의 시선은 이미 다른 곳을 향하고 있었다.

이내 하유선을 확인한 안은희가 고운 미간을 찌푸렸다.

"쟤는……."

다른 이들과 마찬가지로 불편하다는 기색이 역력한 안은희.

그런 그녀의 얼굴을 마주한 하유선이 저도 모르게 슬며시 시선을 피할 때, 임무일이 탁 소리가 나도록 서책을 접으며 이목을 끌었다.

"어? 무일아."

"왔어?"

"어? 그, 그래."

안은희의 대꾸에 가볍게 고개를 끄덕인 임무일이 하유선의 앞으로 다가갔다.

그리고는 자신의 기척을 느낀 하유선이 시선을 드는 것을 확인하고는 임무일이 질문했다.

"이거 아무리 살펴도 한 놈뿐인데…… 내가 본 게 맞아?"

하유선은 이번에도 임무일의 질문에 대한 대답을 거부하지 못했다.

"어머니와 내가 확인한 바로는 맞을걸?"

확신이 없는 말에 임무일이 미간을 좁혔다.

"맞을걸?"

"너희 집 가족 관계, 내밀한 영역까지는 우리도 알 수 없으니까. 당사자가 아닌 이상 그런 미묘한 감정은 외부인이 모르는 게 당연하지."

"그래서 이렇게 양이 많은 거고?"

"맞아. 혹시라도 우리가 모르는 무언가가 있을까 봐 모아 둔 거야. 뭐가 됐든 당사자가 확인하는 게 가장 정확하니까."

하유선의 말에 임무일이 고개를 끄덕였다.

그리고는 수중의 책자를 정주형이 어렵게 지펴 놓은 불씨에 휙 던졌다.

순식간에 불길이 확 피어올랐다.

혀를 날름거리는 불길에 현혹되지 않은 고민우가 임무일에게 질문했다.

"필요한 것은 찾았어?"

"그래."

"그게 누군데?"

이어진 고민우의 질문에 임무일이 잠깐이지만 멈칫하는 기색을 보였다.

그러나 어차피 알게 될 일이다.

임무일이 후 하고 한숨 쉬듯 말했다.

"……진일이."

임무일의 말에 정주형이 눈을 동그랗게 떴다.

"진일이? 네 사촌동생 임진일?"

"맞아."

"정말 걔 맞아? 걔는 소화랑 동갑이라고 하지 않았어?"

무언가를 꾸미기에는 아직 어린 나이.

다른 이들 역시 정주형과 마찬가지로 쉽게 믿을 수 없다는 얼굴이었다.

그러나 임무일은 입을 굳게 다물고 있을 뿐이었다.

그의 침묵이 갖는 의미를 이해한 고민우가 고개를 끄덕이며 다시 질문했다.

"그래서 이제 어쩔 거야? 일단 소주로 가서……."

임무일이 고개를 저었다.

"소주는 나중에."

"그럼 어디……?"

"남경이 먼저다."

석 달에 한 번씩 있는 남경으로의 상행.

만금장 소주지부에서 그것을 책임진 이는 임진일이었다.

일행이 거처를 정하자 임진일은 아무도 대동하지 않고 거리로 나섰다.

그리고는 좁은 골목을 몇 차례 이리저리 헤매는가 싶더니 이내 후미진 곳에 위치한 낡은 장원 앞에 선 그.

여태껏 조심히 이동해 왔음에도 여전히 안심이 되지 않는지 몇 번이나 더 주위를 살피는 모습이었다.

한참이 지난 후에야 아무도 없다는 확신이 든 그가 장원의 문을 두드렸다.

"누구십니까?"

"금룡."

임진일의 짧은 대꾸에 단단하게 닫혀 있던 장원의 문이 스르륵 열렸다.

그리고는 임진일을 받아들인 장원의 대문이 짧은 순간 스르륵 닫히며 아무 일도 없었다는 듯이 이전처럼 고요한 모습이었다.

임진일에게 들키지 않으려 제법 멀리 떨어진 지붕 위에서 그것을 지켜보고 있던 안은희가 임무일을 쳐다봤다.

"아무래도 네 생각이 맞는 것 같은데?"

임무일은 안은희의 질문에 대꾸하지 않은 채 팔짱을 끼며 미간을 좁혔다.

아무리 그래도 설마설마했던 것을 제 눈으로 확인하게

되자 이전보다 더 심사가 복잡해졌다.

그런 임무일의 심정을 어느 정도는 이해하는 안은희였다.

그러나 무작정 시간을 보낼 수는 없는 일이다.

안은희가 조심스럽게 임무일의 팔을 콕콕 찔렀다.

"이제 어떻게 할까? 들어가 봐?"

"아니. 아버지가 흔적을 남기지 말라고 하셨어. 대낮에 위험을 감수할 필요는 없지."

"그럼 밤에?"

"가능하다면……."

"그럼 일단 돌아갈까? 다른 친구들이 기다릴 테니까."

"너 먼저 돌아가. 난 잠깐 더 지켜봐야 할 것 같으니까."

"흐음……."

안은희가 저도 모르게 콧소리를 냈다.

그리고는 그 자리에 털썩 주저앉았다.

임무일이 안은희를 쳐다봤다.

"안 가?"

"됐어. 너 혼자 두고 어떻게 가? 그러다 무슨 일이 생길 줄 알고."

"쓸데없는 걱정."

임무일이 픽 웃음을 보였다.

지붕에 주저앉은 채 물끄러미 임무일을 쳐다보고 있던 안은희가 다시 질문했다.

"그보다⋯⋯ 진일이 잡을 거야?"

"아니."

"왜?"

"아버지가 건드리지는 말라고 하셨어."

"그럼 어디까지 파고들 건데?"

"글쎄⋯⋯."

이 부분은 임무일 자신도 자신 있게 대답할 수 없는 부분
이었다.

쉽게 해답이 나오지 않았기 때문이다.

그 탓에 목소리에 확신이 없었다.

"일단 좀 지켜보고."

그 말을 끝으로 임무일은 자신만의 세계로 빠져들었다.

안은희 역시 더는 임무일을 건드리지 않고 내버려 뒀다.

자신이 관여할 수 없는 문제라는 것을 잘 알기 때문이었
다.

그리고 이어진 지루한 시간.

머리 위에 떠 있던 태양이 어느덧 서산으로 넘어가려는
지 거뭇거뭇 어스름이 내려앉으려 할 때, 계속 같은 자세로
있던 안은희가 찌뿌둥하다는 얼굴로 기지개를 켰다.

"얘는 대체 언제 나오는 거야? 벌써 두어 시진은 훌쩍 지
난 것 같은데."

안은희의 불만에 임무일이 힐끔 그녀를 돌아봤다.

"그러니까 넌 그만 돌아가. 무슨 일 있으면 내가⋯⋯."

그 순간 안은희가 벌떡 자리에서 일어섰다.

"저, 저기⋯⋯!"

임무일의 시선이 본능적으로 장원으로 향했다.

그리고 이전처럼 스르륵 열리는 장원의 대문 밖으로 빠져나오는 익숙한 신형.

그리고 그를 배웅하는 듯한 또 다른 신형.

"어째 익숙한⋯⋯ 어라?"

눈을 가늘게 뜨며 상대를 살피던 안은희가 한순간 눈을 동그랗게 떴다.

그리고 어느새 딱딱한 얼굴을 하고 있는 임무일을 쳐다보며 더듬더듬 말을 꺼냈다.

"저, 저거⋯⋯ 서, 성한이 맞지?"

임진일을 배웅하는 이는 패천성에서 자취를 감춘 철성한이었다.

그리고 그 순간 임무일이 생각을 고쳐먹었다.

"아무래도 진일이 잡아야겠다."

처음으로 남경 땅을 밟은 철소화는 쉴 새 없이 장터를 누비며 구경하기에 여념이 없었다. 말로만 듣던 신기한 물건

들이 눈앞에 펼쳐져 있었기에 그녀의 얼굴에 자리한 기대
는 떠날 줄을 몰랐다.

객잔을 나선 것이 정오였고 어느덧 해가 뉘엿뉘엿 넘어
갈 때가 되었음에도 지치기는커녕 오히려 시간이 갈수록
더 힘이 나는 듯했다.

반면 처음에는 장단을 맞추고 있던 조희진은 진이 빠진
기색이 완연했다. 정주형이나 고민우는 두말할 것도 없었다.

한 걸음 앞장서 있던 철소화가 이번에는 또 무엇을 발견
했는지 쪼르르 걸음을 옮기기 시작했다.

그리고 좌판대 앞에 자리를 잡더니 조희진을 향해 손짓
을 했다.

"언니, 언니! 빨리 와 봐! 여기 상아, 상아!"

여전히 기운이 넘치는 철소화의 모습에 조희진이 울상을
했다.

그리고 그 모습을 고스란히 지켜본 정주형이 팔꿈치로
고민우를 툭툭 쳤다.

"야, 쟤 좀 말려야 하는 거 아니야?"

"저걸 어떻게 말려? 그러다 그 심통 누가 다 받아 내라고?
자신 있으면 네가 해 봐."

고민우의 말에 정주형이 끙 하고 앓는 소리를 냈다.

철소화의 심통을 받아 낼 생각은 자신 역시 없었기 때문
이다.

그러는 순간에도 끊임없이 조희진을 재촉하는 철소화였다.

"언니, 언니! 빨리 와 보라니까! 이거 진짜 상아래! 코끼리에 달린 그거!"

조희진이 어쩔 수 없다는 얼굴로 한숨을 내쉬며 무거운 발걸음을 옮기기 시작했다.

그러나 채 세 걸음도 옮기기 전에 무언가가 그녀를 툭 치고 지나갔다.

다른 생각으로 가득했던 조희진이 제법 충격이 컸는지 몸을 비틀거렸다.

"어?"

그 순간 누군가의 손길이 날아들며 조희진을 낚아챘다.

거친 남성의 손길 같은 느낌이었지만 하얗고 자그마한 손은 여인의 것임에 틀림없었다.

조희진의 두 눈이 반사적으로 그 손의 주인을 찾았다.

"고, 고맙…… 어?"

이내 손의 주인을 확인한 조희진이 두 눈을 동그랗게 떴다.

부드러운 미소를 머금은 중년의 미부.

자신을 보고 놀라는 모습에도 그녀는 변함없이 웃는 얼굴은 한 채 조희진이 균형을 잡는 것을 도와줬다.

"많이 놀랐나 보군요. 미안합니다. 사람이 많다 보니 정신이 없어서."

그리고는 아직까지도 멍청한 얼굴을 하고 있는 조희진에게 다시 한 번 말을 꺼내려는 찰나.

그녀보다 조금 더 나이가 들어 보이는 여인이 다가서며 그녀를 끌었다.

"사매, 시간이 없다. 얼른 가야 해."

"알겠습니다."

그리고는 다시 한 번 조희진에게 가볍게 고개를 까딱이더니 제 일행을 따라 어디론가 급하게 움직이는 모습이었다.

정주형이 조희진에게 다가서며 어깨를 툭 쳤다.

"어쩌 정신 놓고 움직이더라니. 조심 좀…… 어라? 너 얼굴이 왜 이래?"

핏기 하나 없이 순식간에 하얗게 변해 버린 조희진의 얼굴.

정주형이 당황한 얼굴을 하는데 고민우는 멀어져 가는 여인들을 힐끔거리며 조희진에게 질문했다.

"왜 그래? 아는 사람들이야?"

조희진은 여전히 하얀 얼굴로 쉽사리 대꾸하지 못했다.

성격이 급한 정주형이 먼저 움직이려 했다.

"이럴 게 아니고, 일단 잡아다가……."

그 때 조희진이 정주형의 팔을 낚아챘다.

정주형이 얼굴을 찌푸리며 조희진을 돌아봤다.

"왜? 잡아 오면 안 돼?"

"그러지 마. 그러지도 못해."

"대체 무슨 일인데? 네 얼굴 지금 어떤지 알아? 저들이 대체 누군데?"

자신이 말을 하지 않으면 정말로 움직이겠다는 듯이 행동을 취하는 정주형이었다.

정주형의 위협에 버티지 못한 조희진이 어딘가 겁에 질린 목소리로 나직이 말했다.

"거, 검각……."

객잔으로 들어서던 안은희가 고개를 갸웃거렸다.

"너희들은 왜 그래?"

여느 때와는 달리 어딘가 모르게 잔뜩 가라앉은 분위기.

서로가 눈치를 보며 눈만 깜빡거리고 있었기 때문이다.

"무슨 일 있어?"

안은희의 질문에 정주형이 앞으로 나섰다.

"그게, 희진이가 좀……."

"희진이? 희진이가 왜? 희진이 어디 있는데?"

정주형의 시선이 이층에 위치한 조희진의 방으로 향했다.

안은희가 당장이라도 달려갈 듯이 자세를 취하자 정주형이 얼른 그녀를 막아섰다.

"건드리지 말고 내버려 둬."

"왜? 걔한테 무슨 일 있다며? 어디 다친 거 아니야?"

"아니, 그건 아니고……."

"그럼?"

"그게…… 검각에서……."

"검각?"

정주형의 대꾸에 안은희의 두 눈이 동그랗게 떠졌다.

자세한 사정은 모르지만 조희진이 검각을 피한다는 것 정도는 이미 알고 있었기 때문이다.

"검각이 왜? 아니, 걔들이 어떻게? 남해 밖으로 잘 나오지도 않는 것들이 대체 무슨 바람이 불어서?"

그러나 그 부분은 정주형이라 한들 답해 줄 수 없는 부분이었다.

정주형이 난감하다는 얼굴을 하자 안은희의 뒤에서 지켜보고만 있던 임무일이 한 걸음 앞으로 나섰다.

"희진이는 지금 어쩌고 있지?"

"소화가 옆에 있으니까 일단은 괜찮지 않을까?"

조금은 확신이 없는 듯한 말투.

그러나 그 정도로도 고개를 끄덕인 임무일은 이내 시선을 돌려 하유선을 바라봤다.

"넌 알지? 말해 봐. 대체 무슨 일인지."

조금은 강압적이라 할 수 있는 임무일의 태도에 하유선이 얼굴을 찌푸렸다.

"내, 내가 왜? 내가 왜 그런 것까지……."

"그러라고 신무문주가 널 우리에게 붙여 둔 거니까. 그게 아니면 네가 무슨 쓸모가 있어?"

하유선이 화가 치미는지 입술을 꼭 깨물었다.

임무일은 여전히 차가운 얼굴로 하유선을 재촉했다.

"얼른 말해. 검각이 무슨 일로 남경에 왔는지."

"싫다면?"

"그럼 할 수 없고. 대신 앞으로는 누구도 네 사정을 봐주지 않을 거야. 그러고도 우리를 따라올 수 있다면 따라와 봐."

"치, 치사하게……."

하유선이 볼을 잔뜩 부풀렸다.

마치 어린아이가 투정이라도 부리듯, 어떻게 보면 귀엽게 보일 법한 모습이었다.

"빨리 말하기나 해. 시간 없으니까."

그러나 임무일의 태도는 여전히 냉랭하기만 했다.

자신의 의도가 먹히지 않는다는 것을 알게 된 하유선이 한숨을 푹 내쉬었다.

그리고는 어깨가 축 처진 채, 목소리를 내기 시작했다.

"특별한 일이 아닌데도 검각이 밖으로 나돌아 다닐 만한 이유는 내가 알기로 한 가지밖에 없어."

"그게 뭐지?'

임무일의 이어진 물음에 하유선이 그와 시선을 똑바로 맞추며 말을 이어 갔다.

"마녀. 마녀 은주령."

생소한 이름에 임무일이 미간을 좁혔다.

다른 일행들 역시 어리둥절한 얼굴로 서로를 힐끔거렸다.

그 때, 고민우가 짝 하며 손뼉을 쳤다.

"아! 기억난다! 만났던 남자가 유부남이어서 혼자서 일가를 몰살시켜 버렸다는 그 여자? 나중에 그 일을 들키는 바람에 검각에서 쫓겨났고. 맞지?'

하유선이 고개를 끄덕였다.

"맞아."

"근데 그 마녀 아직도 안 잡힌 거야? 그때 검각 사람들이 많이 죽어서 검각에서 이를 갈고 있는 걸로 아는데……."

"그 마녀의 무공이 꽤 대단하다고 들었거든. 연검의 고수라던가?'

"연검? 생각보다 더 고수인가 본데. 그게 십 년 전 일이니까 아직까지 안 잡히고 돌아다니는 거 보면……."

"아마도."

하유선과 고민우의 대화를 유심히 듣고 있던 정주형은 여전히 의문이 풀리지 않는 얼굴로 하유선에게 질문했다.

"검각은 그렇다 치고, 희진이는 왜 저래? 그 사람들 만나고부터 애가 아주 다 죽어 가던데, 희진이도 검각에서 뭐 큰 죄라도 지었어? 그 사람들이 보면 희진이 잡아먹을 만큼?"

"아니, 그건 아니야."

"그런데 왜 저래? 그것도 알고 있어?"

"알긴 알지만……."

정주형의 질문에 하유선이 고개를 끄덕였다. 그러나 정주형이 원하는 대답은 들려주지 않았다.

"그건 나중에 희진이한테 직접 들어. 내가 말해 줄 수 없는 거니까."

하유선의 말에 무언가 느껴지는 것이 있는 정주형이었다.

정주형이 더는 질문을 하지 않고 입을 다물었다.

그 때, 안은희가 난감하다는 얼굴로 임무일을 쳐다봤다.

"이거 어쩌지? 진일이 일도 해결해야 하는데 희진이가 저러면……."

그러나 무언가 고민에 빠진 듯한 얼굴의 임무일은 그녀의 말에 대꾸를 하지 않았다.

평소와는 달리 조급함이 생긴 안은희가 재차 질문을 이어 가려 할 때, 임무일이 흐려졌던 눈빛을 정돈하며 시선을 들었다.

"어쨌든 진일이 일부터 처리해야겠다."

"하지만 희진이가……."

임무일이 고개를 저었다.

"이쪽 일이 더 급하다. 너도 봐서 알 거 아냐? 그냥 내버려 둘 수는 없어."

한 걸음 물러서서 사태를 관망하던 혁련강이 임무일을 쳐다봤다.

"만금장주님께서 건드리지 말라고 하지 않으셨나? 그냥 내버려 둘 수는 없다니, 그게 무슨 말이지?"

혁련강의 말에 느끼는 바가 있던 정주형이 꼬리를 물었다.

"왜? 그쪽에도 무슨 일 있었어?"

임무일이 고개를 끄덕였다.

"그래."

"무슨 일인데? 무슨 일인데 너희 아버지 말씀까지……."

"진일이가 누군가를 만나더라."

"누구?"

정주형이 호기심을 가득 담은 눈동자로 임무일을 쳐다봤다. 다른 일행 역시 마찬가지였다.

모두의 시선이 쏠리자 임무일이 고개를 끄덕이며 목소리를 냈다.

"철성한."

모처럼 남경 땅을 밟은 담재선은 곧장 궁으로 향하지 않고 한동안 성내를 이리저리 배회하며 시간을 보냈다.

정해진 목적지 없이 그저 마음이 내키는 대로 걸음을 옮기기라도 하는 듯 종잡을 수 없는 그의 움직임에 그의 뒤를 따르던 그림자 둘이 진땀을 뺐다.

그러나 차라리 그것이 나은 것이라는 것을 그들은 미처 알지 못했다.

담재선이 후미진 곳의 골목으로 들어서고도 한참이나 나오지 않자 비로소 무언가가 잘못되었다는 것이 느껴지기 시작한 것이다.

뒤늦게 담재선의 뒤를 쫓아 스르륵 스며들어 간 골목.

막다른 길 어디에도 출구는 보이지 않았다.

그림자 하나가 당황한 듯 목소리를 냈다.

"이, 이런!"

담재선의 행적을 놓쳤다는 생각에 저도 모르게 식은땀이 등골을 타고 주르륵 흐르는 순간이었다.

그것은 또 다른 그림자 역시 마찬가지였다.

"이제 어쩌지?"

"어쩌긴 뭘 어째? 찾아! 당장 찾아! 아니 이럴 때가 아니고 지원을······!"

그리고는 스르륵 흩어지듯 골목 사이를 빠져나가는 두 개의 그림자.

높은 건물의 지붕 위에서 두 개의 그림자를 유심히 쳐다보고 있던 담재선이 그제야 고개를 끄덕이며 훌쩍 몸을 날렸다.

단번에 삼십여 장을 건너뛰어 인적이 없는 골목에 내려서서 미리 준비해 뒀던 옷으로 갈아입는 그.

그리고는 좁은 골목의 더 깊은 곳으로 파고들기 시작했다.

시간이 지날수록 점점 더 늘어 가는 사람들.

여느 곳과는 달리 끈적한 시선이 담재선에게 거머리처럼 달라붙었다.

모두가 주린 배를 움켜쥐고 있는 빈민들이었기 때문이다.

그러나 어찌된 일인지 빈민들은 담재선에게 함부로 덤벼들지 않았다.

자신들보다 머리 하나가 더 큰 담재선의 체구가 위압감을 준다는 것도 한 가지 이유이기는 했지만 그보다 더 주요한 이유가 자리 잡고 있었기 때문이다.

그 이유는 얼마 지나지 않아 밝혀졌다.

이윽고 빈민가에서도 가장 깊숙한 곳에 도착했을 무렵, 그의 앞으로 한 장원이 모습을 드러냈다.

입구부터 시작해 길게 줄을 서고 있는 빈민들.

그들을 지나쳐 장원 안으로 들어서려는 담재선의 앞으로 길쭉한 창날이 불쑥 튀어나오며 막아섰다.

갓 이립이나 되었을까?

이제 막 어른이 되어 가려는 듯, 눈가에 주름살이 하나둘 접히기 시작한 사내가 담재선을 쳐다보며 말했다.

"차례를 지키시오. 저들 역시 아프기는 마찬가지이니."

담재선이 미간을 좁혔다.

"자네는 누구지?"

사내 역시 담재선과 비슷하게 얼굴을 찡그렸다.

"그걸 알아서 뭣하게 묻소? 쓸데없는 소리 마시고 줄이 나 서시오. 다들 기다리는 건 마찬가지니까."

의외로 완강한 태도에 담재선이 난감한 얼굴을 했다.

원래 성격이라면 힘으로라도 밀고 들어가겠지만 그럴 수 가 없는 곳이라는 점이 문제였다.

담재선이 한숨을 푹 쉬며 시선을 돌렸다.

끝이 보이지 않을 정도로 길게 늘어선 허름한 옷을 입은 사람들.

자신을 향한 그들의 눈초리가 곱지 않다는 것은 큰 문제가 아니었지만, 제법 시간이 걸릴지도 모른다는 것이 마음에 걸렸다.

먼 길을 올 때는 그렇지 않았는데 목적지를 눈앞에 두니 마음이 조급해진 탓이다.

담재선의 시선이 다른 곳으로 향했다.

'담이라도 넘어야 하나?'

되도록 멀끔한 모습을 보이고 싶었지만 상황이 여의치 않았다.

할 수 없다 싶었던 담재선이 발걸음을 돌리려는데, 예의 그 창날이 척 하며 다시금 그의 앞을 막아섰다.

담재선이 창날의 주인을 쳐다보며 말했다.

"또 뭔가?"

"행여나 담을 넘을 생각이라면 꿈도 꾸지 마시오. 그랬다가는 내 손으로 두들겨서 두 번 다시 의원님을 찾지 못하도록 할 생각이니까."

용케 담재선의 의도를 읽은 사내였다.

그리고 그의 시선이 자신으로부터 떨어지지 않을 것이라는 것을 알아챈 담재선이 얼굴을 찌푸렸다.

"아니, 난 그게 아니고……."

"되었소. 당신 사정에는 관심도 없으니 줄이나 서시오. 그게 의원님을 빨리 뵐 수 있는 지름길이오."

절대로 물러서지 않겠다는 사내의 의도를 읽은 담재선이

난감한 얼굴을 했다.

그리고 그 순간 사방에서 못마땅하다는 목소리들이 쏟아져 나왔다.

"뭐야, 저 인간은? 여기 다들 줄 서 있는 거 안 보여? 어디서 새치기야, 새치기는."

"그러게 말일세. 사람이 염치가 있어야지. 의원님 댁만 아니었어도 한바탕하고 마는 건데. 저 친구 참 운도 좋아."

"여보시오. 그러지 말고 줄이나 서시오. 다들 기다리고 있지 않소?"

상황이 이렇게까지 흘러가자 제아무리 담재선이라도 더는 버틸 요량이 없었다.

한숨을 푹 내쉰 담재선이 힘없이 발걸음을 옮기려는 순간.

"어? 아버지!"

그가 꿈에도 그리던 그리운 목소리가 들려왔다.

예전에는 손을 뻗으면 항상 닿을 수 있는 곳에 있던, 지금은 흉터가 가득한 얼굴로 제 몸뚱이만큼 큰 물동이를 든 제 딸이 자신을 쳐다보고 있었다.

담재선의 얼굴이 활짝 펴졌다.

"설아야!"

담재선의 목소리에 담설이 물동이를 내던지듯 바닥에 내려놓고는 그에게로 달려왔다.

"아, 아버지! 어쩐 일이에요? 아버지가 왜 여기……."

그리고는 담재선의 손목을 잡고 안으로 끌었다.

"아니, 이럴 게 아니고 얼른 들어오세요. 얼른 들어오셔서…… 식사는 하셨어요?"

반가움이 가득한 얼굴에서 두서없는 말이 흘러나왔다.

흐뭇한 얼굴로 제 딸을 따르던 담재선은 장원의 문턱을 넘으려다 문득 걸음을 멈췄다.

그리고 멍청한 얼굴로 자신을 쳐다보고 있는 무사를 향해 말했다.

"내 딸일세."

무사의 얼굴이 하얗게 질렸다.

그리고는 냅다 허리를 숙였다.

"아, 아니 난 그런 줄도 모르고…… 죄, 죄송합니다!"

그리고 어깨를 으쓱거리는 담재선.

그 모습을 보며 대강의 사정을 짐작할 수 있었던 담설이 풋 하며 웃음을 터트렸다.

"아버지도 참. 장 무사도 모르고 한 거니까 그만 용서해 주세요."

담설의 말에 담재선의 흥이 식었다.

담재선이 쩝 하고 입맛을 다시더니 무사의 어깨를 툭툭 두드렸다.

그럴수록 더더욱 허리가 숙여지는 그였다.

담재선이 그나마 만족스럽다는 얼굴로 픽 웃음을 흘리고
는 장원의 문턱을 넘으려는 순간.

쏙 튀어나오는 밉상스런 얼굴에 담설을 만났을 때와는
달리 와락 얼굴을 구기는 담재선이었다.

"네놈……."

모용기가 히죽 웃으며 손을 들었다.

"아저씨, 오랜만."

담재선은 신의를 만나지 못한 것이 못내 아쉬운 기색이
었다.

모용기가 쯧 하고 혀를 차며 말했다.

"그러니까 시간 좀 잘 맞춰 오지. 낮에는 항상 북적거리
는 거 알면서."

"시간이 없으니까 하는 말 아니냐? 아마 난리가 났을 텐
데……."

담재선이 황궁 방향을 쳐다보며 불편한 기색을 보였다.

그러나 모용기는 여전히 태평한 얼굴이었다.

"그렇게 걱정되면 어디 가서 술이나 한 잔 마시고 가. 여
자도 끼고 놀면 좋고. 분 냄새 팍팍 풍기면서 꼬리 달고 술
마시기 싫었다고 그러면 의심도 안 할걸?"

모용기의 말에 담재선이 솔깃한 얼굴을 했다.

그러나 자신을 물끄러미 쳐다보는 제 딸의 얼굴을 보고는

급히 헛기침을 했다.

"험험. 여자는 무슨…… 어디 가서 술이나 한잔해야겠구
나."

그 모습을 보며 픽 웃어 보인 모용기가 자리에서 일어나
엉덩이를 털려는 찰나.

담재선이 그의 옷깃을 낚아챘다.

제 팔을 순순히 내준 모용기가 시선을 내려 담재선을 쳐
다봤다.

"왜? 딸내미 보러 온 거 아냐? 시간 없다며?"

"그보다 급한 일이 있다."

"급한 일? 나랑?"

모용기가 고개를 갸웃거렸다.

고개를 끄덕인 담재선이 담설을 쳐다보며 말했다.

"설아, 잠시 자리 좀 비켜 주겠니? 이 녀석과 할 말이 있
다."

"알겠습니다. 그럼 얘기들 나누세요."

모처럼 만난 제 아비와 할 말이 많은 담설이었다.

그러나 심각해 보이는 담재선의 얼굴을 보고는 마음을
고쳐먹은 것이다.

담설이 충분히 거리를 벌리자 모용기가 다시 자리에 주
저앉으며 담재선을 쳐다봤다.

"왜? 할 말이 뭔데?"

"네놈의 말버릇은⋯⋯."

"새삼스럽게. 아저씨랑 내가 살가운 사이는 아니잖아. 용
건이나 말해."

담재선이 눈살을 찌푸렸다.

'말한다고 들어 먹을 놈도 아니고⋯⋯.'

담재선이 후 하고 한숨을 쉬더니 결국은 본론을 꺼내 들
었다.

"내가 남경에 온 건 궁에서 불러서다."

"궁에서? 왜?"

"정무맹 쪽에 일이 생겼다더군. 나에게 지원을 요청했다."

"아저씨한테? 왜? 본격적으로 붙어 보기라도 하겠대? 그
럴 리가 없을 텐데?"

담재선의 말에 모용기가 당황한 얼굴을 했다.

자신이 아는 바와는 다른 방향의 전개라 생각했기 때문
이다.

'대판 싸우기 시작하는 게 순무대전 직후였던 걸로 들었
었는데⋯⋯.'

모용기가 무언가를 심각하게 고민하는 듯한 얼굴을 하자
담재선이 고개를 갸웃거렸다.

"그럴 리가 없다니? 무슨 뜻이지?"

담재선의 의문을 담은 눈동자를 접하자 모용기가 얼른
고개를 저었다.

"아…… 아냐, 아무것도. 그보다 정무맹에 일이 생겼다는 건 무슨 말이야? 뭐가 어떻게 된 건데?"

언뜻 보기에도 급하게 얼버무리려는 모습.

담재선이 두 눈을 가늘게 떴다.

그러나 모용기는 이전처럼 헤실헤실 웃음만 보일 뿐이었다.

모용기를 노려보며 잠시 고민하는 듯 보이던 담재선이 이내 고개를 젓고 말았다.

순순히 대답해 줄 녀석도 아니었고, 결정적으로 자신에게 주어진 시간이 그리 길지 않았기 때문이다.

"그 일은 나중에 들어 보도록 하고…… 철무한. 네가 잘 아는 녀석 맞지?"

이번에도 눈을 동그랗게 뜨는 모용기.

의외의 곳에서 의외의 이름이 튀어나왔기 때문이다.

"무, 무한이? 그 녀석이 왜?"

"그 녀석이 정무맹에 있다더군."

"뭐, 뭐? 아, 아니 그 자식이 왜 거기에……."

갈수록 태산이다.

모용기의 의문이 점점 더 깊어져 갔다.

그럴수록 담재선은 흥이 오른 얼굴이었다.

무엇 하나 속 시원하게 대답해 주는 법 없이 애만 태우는 모용기였다.

한데 반대의 입장이 되자 슬며시 장난기가 동한 것이었다.

모용기가 그랬던 것처럼 실실 웃으며 시간을 끌어 볼까 잠시 고민하던 담재선이었으나, 이번에도 고개를 저을 수밖에 없었다.

역시 시간이 문제였다.

그리고 그 순간을 참지 못한 모용기가 담재선을 재촉했다.

"뭔 소리냐니까? 그 자식이 왜 거기 있냐고? 그게 대체 어떻게 된 일이야?"

"자세한 사정은 나도 모른다. 확실한 건 철무한이 거기에 있고, 그것을 정무맹주가 잘 안다는 점이지."

"저, 정무맹주? 진산?"

그 순간 번뜩이며 모용기의 뇌리를 스쳐 지나가는 무언가.

진산의 의도가 한눈에 보인 것이다.

모용기가 자리에서 벌떡 일어섰다.

"이 미친 늙은이! 정무맹을 아주 말아먹을 셈이야?"

일이 어떤 식으로 전개가 되든 정무맹은 초토화가 될 것이다.

그것은 막아야 했다.

모용기가 거칠게 고개를 저었다.

"이, 이런! 내가 지금 이럴 때가 아니고……."

그리고는 급하게 걸음을 옮기려는 순간, 담재선이 다시 모용기의 옷깃을 낚아챘다.

"왜? 나 지금 바쁘다고."

"그렇게 급하게 움직이지 않아도 된다. 아직은 시간이 있으니까."

"어? 그게 무슨……."

"말했지 않나? 내가 지원을 가기로 했다고. 우리가 정무맹에 도착할 때까지는 시간이 있다."

"아저씨가 지원?"

담재선의 말을 되뇌던 모용기는 한순간 얼굴을 와락 구겼다.

"이런 씹어 먹을 늙은이! 지금 그거 그 늙은이가 궁에 붙었다는 그 말 맞지? 이 인간이 진짜 미쳤나? 벌써 노망이라도 들었대?"

실수했다는 생각이 들었다.

과거의 기억만을 토대로 하다 보니 필요 이상으로 진산을 믿어 버렸다.

상황이 변하면 사람이 달라질 수 있다는 사실을 간과한 것이다.

그러나 담재선이 고개를 저었다.

"거기까진 모를 것이다. 아직까지는 자신들을 드러내지

않으려 하는 것 같으니까. 그저 자신과 함께하는 이들의 지원 정도로 알겠지."

"그게 아니라도 패천성은? 제 아들이 죽는 상황을 퍽이나 패천성주가 지켜만 보겠다. 미쳤어. 미쳐도 단단히 미쳤어."

말이 끝나기가 무섭게 급하게 걸음을 옮기려던 모용기가 문득 떠오르는 생각에 멈칫하며 신형을 멈췄다.

그리고는 담재선을 돌아보며 시선을 맞췄다.

"아저씨."

"왜 그러나?"

"다른 게 아니고, 이제 그만하라고."

의외의 말에 담재선이 눈을 크게 떴다.

"응?"

"응은 무슨 응이야? 내 말 못 알아들었어? 이제 그만하고 설아 데리고 집에 가라고. 아니지. 집에 가면 또 찾아가서 못살게 굴려나? 그럼 어디 꼭꼭 숨어서 죽은 듯이 살아. 또 그렇게 끌려 다니지 말고."

모용기는 그 말을 남기고는 휙 몸을 날렸다.

담재선이 붙잡을 엄두도 내지 못할 만큼 재빠른 움직임이었다.

"또 늘었군."

볼 때마다 실력이 몰라보게 느는 모용기였다.

성장세가 놀랍다는 것을 넘어 경이로울 정도였다.

이제는 자신도 상대가 되지 않을지도 모른다는 생각이 들 정도였다.

"정말 대단하군."

모용기가 남기고 간 잔상이 스르륵 흩어지는 것을 물끄러미 지켜보던 담재선.

그러나 곧 깊은 한숨을 내쉬고 말았다.

"나도 그러고 싶다만, 대체 어디로 숨는단 말이냐?"

신의가 환자를 보는 곳을 둘러싼 다섯 개의 인영.

각기 다른 복색의 사내 넷과 여인 하나가 누구의 침입도 허용하지 않겠다는 양 단단하게 자리를 잡고 있었다.

물론 뚫고자 하면 못할 것도 없었다.

그러나 모용기는 일단 신형을 멈췄다.

그리고는 그들의 수장 격인 여문각에게 조금은 급한 걸음걸이로 다가섰다.

청수한 인상을 지닌 여문각이 고개를 갸웃거리며 말했다.

"공자께서 이곳에는 어쩐 일이시오?"

평소에는 신의가 환자를 보는 곳에 눈길도 주지 않는

모용기였다.

그래서 의문이 생긴 것이다.

"어? 그게…… 할아버지를 좀 봬야 해서……."

그 순간 터져 나온 끔찍한 비명 소리.

"끄아악!"

모용기가 움찔 몸을 떨었다.

"또 째야 하는 환자입니까?"

여문각이 고개를 끄덕였다.

"다리에 상처가 났는데 제대로 돌보지 못해 제법 많은 부위가 썩어 들어갔더군요. 어쩌면 잘라야 할지도 모르겠습니다."

여문각의 말에 모용기가 얼굴을 찌푸렸다.

남이 다리를 자르든 말든 제 알 바가 아니었지만 시간이 걸린다는 것이 문제였다.

모용기가 곤란하다는 투로 말했다.

"저기 제가 좀 급한데 어떻게 안 되겠습니까, 여 대협?"

혹시나 해서 질문을 했지만 돌아오는 대답은 역시나였다.

여문각이 단호한 얼굴로 고개를 저었다.

"아무리 공자라도 그것은 안 됩니다."

"정말 급해서 그러는데…… 잠깐이면 됩니다. 잠깐이면."

모용기가 사정하듯 부탁했다.

그러나 여문각의 반응은 한결같았다.

"안 됩니다. 신의께서 치료를 하실 때 자신이 허락한 사람이 아니면 누구도 들이지 말라 하셨습니다. 공자는 신의께서 허락하신 분이 아닙니다."

모용기가 끙 하고 앓는 소리를 냈다.

'배우는 척이라도 하는 건데.'

자신이 관심이 없는 분야는 아예 담을 쌓아 버리는 모용기였다.

이럴 줄 알았으면 조금이라도 배워 둘걸 하는 후회가 들었다.

부탁해 봐도 더 이상 아무런 의미가 없다는 것을 어렵지 않게 알아챈 모용기가 결국은 신형을 돌렸다.

꼼짝없이 신의의 치료가 끝나기만을 기다려야 하는 신세였다.

모용기가 내키지 않는다는 듯이 터덜터덜 걸음을 옮기는데, 어디선가 반가움이 가득한 목소리가 들려오며 그의 발목을 잡아챘다.

"어? 형님!"

"응? 넌 오진이 아니냐? 네가 이 시간에 어쩐 일이야?"

모용기가 시선을 돌리자 남들보다 주먹 하나는 더 작아보이는 소년, 권오진이 활짝 웃으며 모용기에게 빠르게 다가왔다.

"형님, 잘 지내셨어요? 몇 번 왔다 갔는데 그때마다 안 보이셔서."

"나야 뭐. 그보다 넌 어쩐 일이냐? 오늘은 일 안 갔어?"

"아, 그게…… 누가 객잔을 통째로 빌리는 바람에 주인 어른이 며칠 쉬라고 하더라고요. 그래서 오늘은 제가 엄마 약 타러 왔어요."

"객잔을 통째로 빌려? 돈 많은 놈인가 봐? 허름한 객잔이라도 값이 제법 나갈 텐데."

"그러니까 말이에요. 주인어른 앞에 금자 하나를 척 내미는데, 그게 또 얼마나 멋있고 부럽던지…… 저도 돈 많이 벌어서 꼭 한번 해 보고 싶더라고요."

권오진의 말에 모용기가 픽 웃음을 흘렸다.

"별게 다 해 보고 싶다. 그리고 그렇게 해 보고 싶으면 금자 하나가 뭐냐, 금자 하나가? 정영루 정도는 금자 열 개 정도 내밀면서 턱 빌려야지. 사내자식이 말이야 꿈이 그렇게 작아서 어따 쓰겠냐?"

모용기의 말에 권오진이 어색하게 웃음을 흘렸다.

그리고는 곤란하다는 얼굴로 말을 이었다.

"정영루가 돈만 있다고 빌릴 수 있는 곳이 아니잖아요. 고관대작이 아니면 상대도 안 해 주는 곳인데."

"정영루가 좀 그렇긴 하지. 그럼 이번에 찾아온 건 또 어디

시골에서 찾아온 관리인가? 아니면 상인?"

"그건 아니고요. 몇몇이 무기를 들고 있던데 무관은 아닌 것 같고, 강호인들 같더라고요."

"강호인들?"

"예. 처음에는 몰라봤는데, 자세히 보니까 몸도 탄탄하고 눈빛도 부리부리한 게 딱 강호인들이더라고요."

"자식, 몸 탄탄하고 눈빛 부리부리하면 다 강호인이야? 그럼 저기 문지기하는 장 무사도 강호인이게? 장 무사도 몸 탄탄하고 눈빛 부리부리하잖아."

"에이, 그거랑 그거는 다르죠. 제가 강호인들 몇 번 봤는데 진짜 강호인은 뭔가 후광 같은 게 보인다니까요. 이번에 찾아온 사람들도 그랬어요. 게다가 그중 하나는 또 얼마나 예쁘던지. 전 무슨 선녀가 하늘에서 내려온 줄 알았다니까요? 분명 그 소저는 화장실도 안 갈 거예요. 제가 확신합니다."

권오진의 두 눈이 몽롱하게 풀렸다.

어딘가 모를 동경이 가득한 모습이었다.

그리고 모용기가 초를 쳤다.

"됐어, 인마. 쓸데없는 데 관심 끊고 가서 약이나 타 가. 그거 진짜 강호인이면 기분 나쁘다고 네 눈알 파 버릴지도 몰라."

"에이, 그럴 리가 없어요. 진짜 선녀라니까요? 그런 선녀가 눈알을 파 버린다니 무슨 말도 안 되는 소리를……."

모용기가 픽 웃음을 흘리며 말했다.

"그 여자가 그렇게 예뻤어?"

"그렇다니까요? 제가 어지간해서는 안 그러는데, 어떻게 이름이라도 알고 싶어서 호패 들고 문객표 작성할 때 거기 적힌 이름까지 훔쳐봤다니까요."

"그래서 이름은 알아냈고?"

"그럼요. 당연히 알아냈죠. 철소화더라고요. 어때요? 철소화. 이름도 예쁘죠?"

그 순간 모용기의 두 눈이 동그랗게 커졌다.

"뭐, 뭐? 누구?"

참룡
회귀록

斬龍回歸錄

66 章.

머리가 복잡했다.

자신이 알지 못하는 방향으로 전개되고 있었기 때문이다.

정무맹과 패천성, 그리고 관의 싸움이 진행되는 양상을 세세하게 알고 있지는 못했지만 굵직굵직한 것들은 대강이나마 알고 있었다.

'대놓고 붙었을 때가 순무대전 때라고 했으니까 예전보다 1년은 더 빠른 것 같은데……'

담재선은 단순한 지원이라고 했지만 그렇게 쉽게 생각할 문제가 아니었다.

상황이 원하는 대로 흘러가는 것이 아니기 때문이다.

그러다가 문득 놓친 것을 떠올리는 모용기였다.

'그러고 보니까 그 아저씨가 본격적으로 등장한 것도 순무대전이 끝나고 한참 이후였다고 했었는데……'

담재선이 전면에 나서기 시작한 것은 담설이 죽은 이후로 알고 있었다.

그 전에는 누구도 그를 본 이가 없었을 정도로 철저하게 가려져 있었다.

'아니지. 만나면 살아남은 사람이 없었으니까 그랬을 수도 있어.'

충분히 가능성이 있겠다는 생각이 들었다.

온 강호를 다 뒤져도 그를 상대할 만한 이는 많지 않아 보였기 때문이다.

'아니, 아니. 이게 아니고.'

모용기가 얼른 고개를 저어 잡념을 털어 냈다.

확실한 것은 시간이 더 빠르게 감아진 것 같다는 것이다.

이러한 변화는 필시 문제가 될 터였다.

이제껏 모용기 자신이 알게 모르게 취하던 이득을 더 이상은 기대하기가 어렵기 때문이다.

'이거 곤란한데…… 내가 너무 설치고 다녔나?'

이유라면 그것밖에 없다 생각했다.

제 딴에는 저들을 자극하지 않으려 조심한다 했지만, 철장방과 패천성, 그리고 화과산에서의 일들은 저들이 움직이게 하기에 충분했을지도 모른다는 생각이 들었다.

'이제 어쩐다?'

좀 더 시간이 필요하다 여겼다.

한동안 철무한과 명진을 만나지는 못했지만 두 눈으로
보지 않아도 어렴풋이 짐작은 갔기 때문이다.

아직은 제 옆에 세우기엔 부족할 것이다.

답답한 마음에 모용기가 쯧 하고 혀를 찼다.

그 순간 느껴지는 익숙한 인기척.

모용기가 얼른 얼굴을 고치며 시선을 들자 여문각이 다
가서며 목소리를 냈다.

"공자, 신의께서 이제 들어오셔도 된다고 합니다."

"응?"

고민을 하느라 시간이 가는 줄 몰랐다.

어느덧 사위가 어두워진 것을 확인한 모용기가 엉덩이를
툭툭 털며 자리에서 일어섰다.

여문각이 고개를 끄덕였다.

"그럼 따라오십시오. 제가……."

그러나 모용기는 고개를 저었다.

"됐어요. 저 혼자 가도 돼요."

"하지만……."

"괜찮아요. 여 대협은 그만 쉬세요."

그리고는 대꾸도 듣지 않고 휘적휘적 걸음을 옮겼다.

조급한 마음을 대변하듯 조금은 빠른 발걸음 덕에 오래

지 않아 목적지에 도착할 수 있었다.

모용기는 신의의 거처 앞에서 문득 걸음을 멈추더니, 저답지 않게 다시 한 번 옷매무새를 가다듬는 모양새였다.

흐트러진 곳이 없는지 꼼꼼하게 확인을 마친 모용기가 그제야 방문을 두드리려는 찰나.

늙수그레한 음성이 먼저 들려오며 그의 발길을 재촉했다.

"왔으면 얼른 들어오지 않고. 뭣하고 있어?"

모용기가 끙 하고 앓는 소리를 냈다.

그러나 이내 얼굴을 고치며 방문을 열어젖혔다.

그리고는 꼬질꼬질하고 볼품없는 행색과는 다르게 맑은 눈을 한 채 정좌를 하고 있는 신의를 향해 정중하게 고개를 숙였다.

"작은할아버지, 저 왔습니다."

신의가 자신의 가문과 연관이 있는 이임을 눈치 챈 것은 전적으로 장철삼 덕분이었다.

지금으로부터 딱 5년 후에 신창으로 명성을 날리게 되는 장철삼.

그가 문지기를 자처하며 신의에게 무공을 배우고 있었기 때문이다.

'어째 무공이 익숙하다 했더니 그게 우리 작은할아버지 였을 줄이야.'

50년 전 정사대전이 한창일 때에 행방불명이 되었다 기록된 모용공.

그가 바로 신의였던 것이다.

꼬질꼬질한 행색에도 어딘가 자신과 닮았다는 것이 어렴풋하게 느껴지는 모습.

모용기가 모용공을 쳐다보며 잠시 감회에 젖어 있을 때, 기다리다 못한 모용공이 먼저 목소리를 냈다.

"이놈아, 찾았으면 말을 해야지, 언제까지 기다리게 할 테냐? 어서 용건이나 꺼내 보거라."

차분한 형과는 달리 자신은 누구를 닮아 성격이 급한 것인지 항상 궁금했었는데, 모용공을 만나고 나서야 비로소 그 의문이 풀렸다.

모용기가 픽 웃음을 흘리는데 모용공이 다시 말했다.

"이놈이 실실 웃기는. 왜? 이제 떠나기라도 할 셈이냐?"

정곡을 찌르는 말에 모용기가 눈을 동그랗게 떴다.

"어? 어떻게……."

"어떻게는 뭐가 어떻게야? 평소 네놈답지 않게 방문 앞에서 헛짓거리를 하고 있으니 뭔가 일이 생겼나 했지."

"그, 그래도 제가 떠난다는 건 어떻게 아셨어요?"

모용기의 물음에 그가 조금 전 그랬던 것처럼 픽 웃음을 흘리는 모용공이었다.

"그거야 그냥 넘겨짚은 거고, 정말 떠나려 할 줄은 몰랐지."

모용기가 끙 하고 앓는 소리를 냈다.

그러나 이내 작게 고개를 젓고는 다시 모용공을 쳐다봤다.

"말씀하신 대로…… 이제 그만 가 봐야겠습니다."

"그래. 그만 가 봐라."

선선히 고개를 끄덕이는 모용공.

모용기가 얼굴을 찡그렸다.

"이유도 묻지 않으시는 겁니까?"

"일이 있으니 떠나는 걸일 테지. 언제까지 여기 머무를 생각은 아니었지 않느냐?"

"그, 그렇긴 합니다만……."

"그런데 뭘 더 물어? 묻는다고 남을 것도 아니고. 그만 가 보거라."

자못 냉정하게 느껴지는 말에 섭섭함마저 느껴지려 하는 모용기였다.

그러나 모용기는 얼른 고개를 저었다.

아직 한 가지 일이 남았기 때문이다.

"저, 작은할아버지."

"뭐냐? 아직도 용건이 남은 것이냐?"

"예. 다른 게 아니고, 이제 그만 집으로 돌아가시는 것이 어떻겠습니까?"

집이란 말에 모용공이 움찔 몸을 떨었다.

그리고는 무슨 생각을 하는지 한참이나 입을 다물었다.

숨 막힐 듯한 침묵이 무겁게 내려앉았다.

그리고 모용기는 그것을 고스란히 받아들였다.

'강요한다고 될 일도 아니고.'

온전히 그의 선택에 맡겨 둬야 했다.

그러나 초조한 마음은 온전히 감추지 못했다.

무언가 불안한 듯 흔들리는 눈초리로 모용공을 쳐다보고 있을 때, 그 시선을 느낀 모용공이 비로소 침묵을 깼다.

그러나 모용기가 원하는 대답은 아니었다.

"되었다. 이제 와서 세가에 돌아가서 뭣하라고?"

"하지만 집이 없는 것도 아니고 언제까지 이렇게 계속 떠돌아다니실 수는 없지 않겠습니까? 이제 나이도 드셨는데……."

"일 없다, 이놈아. 집에 가서 뒷방 늙은이로 죽은 듯이 살다가 가라는 게냐? 아서라. 그럴 생각은 눈곱만큼도 없으니까."

"아니, 그게 아니고 거기도 병들고 다친 사람 많거든요. 작은할아버지가 좀 돌봐 주시면……."

"되었다고 하지 않느냐. 그 일은 더 이상 꺼내지 말거라. 그보다 설아는 어찌할 테냐? 함께 가는 것이냐?"

까맣게 잊고 있던 것을 짚어 주자 모용기가 흠칫 몸을 떨었다.

모용공이 쯧 하고 혀를 찼다.

"이런 썩을 놈. 적당히 하거라. 그렇게 좋다고 들러붙는데 그 정도면 돌아봐 주기라도 해야 할 것 아니냐? 어찌 그렇게 무심한 것이냐?"

"그, 그게 전 이미……."

"그 제갈가의 아이 말이더냐? 그 아이와 어떻게 될 줄 알고? 어쩌면 벌써 다른 짝이 생겼을지도 모르는 일이 아니냐?"

모용공의 말에 모용기가 픽 웃음을 흘렸다.

"그럴 리가 없습니다."

"웅? 어떻게 그렇게 확신하느냐?"

"이미 말씀드렸지 않습니까? 인연이라고요. 연아가 그럴 리는 없습니다."

한 치의 의심도 없는 확신에 가까운 얼굴이었다.

그런 모용기와 물끄러미 시선을 맞추고 있던 모용공이 문득 고개를 돌렸다.

"설아야, 너도 그만 들어오거라."

모용공의 말이 떨어지자 조금 시간이 지난 후 조심스럽게 방문이 열렸다.

그리고 모습을 드러낸 담설이 공손하게 고개를 숙였다.

"어르신."

"되었다. 이리 와서 앉아 보거라."

담설이 모용공의 앞에 자리를 잡기가 무섭게 모용공이 본론을 꺼냈다.

　"넌 어떻게 생각하느냐? 이 녀석은 네가 인연이 아니어서 싫다는데."

　모용공의 말에 담설이 모용기를 힐끔 쳐다봤다.

　자상으로 흉측한 얼굴이었지만 유독 맑은 눈동자가 보석처럼 반짝였다.

　모용공이 혀를 찼다.

　"쯧. 그놈의 면구. 그것 좀 벗어 보거라. 아무도 없으니까 그것 좀 벗고……."

　담설이 고개를 저었다.

　"그럴 수는 없습니다. 어르신께서 화를 당하실 수도 있어서……."

　"괜찮다니까. 아무도 없다지 않느냐?"

　그러나 담설은 요지부동이었다.

　모용공이 못마땅하다는 듯이 얼굴을 찡그리더니, 결국은 고개를 젓고 말았다.

　"정 싫다면 되었다. 그보다 말해 보거라. 너는 어찌할 생각이냐?"

　담설이 난처한 얼굴을 하고 있는 모용기를 다시 한 번 쳐다봤다.

　그리고는 모용공과 시선을 맞추며 제 생각을 말했다.

"인연은 하늘이 정해 주는 것이라 들었습니다. 하지만 사람이 만드는 것이라고도 들었습니다."

모용공이 짝 하고 손뼉을 치더니 웃음을 머금은 얼굴로 모용기를 쳐다봤다.

"그렇다는데, 너는 어쩔 것이냐?"

모용기가 얼굴을 와락 구기며 담설을 쳐다봤다.

"야, 너 내가 뭘 하려는지 몰라서 그래? 그냥 여기 있어. 우리 할아버지 옆이 제일 안전하다고. 아니면 네 아버지랑 어디 멀리멀리 가서 숨어 살든가. 왜 싫다는 사람한테 자꾸……."

그 순간 모용기와 담설의 사이를 가로지르는 주름이 가득한 손.

모용기의 시선이 자신에게 향하자 모용공이 목소리를 냈다.

"되었다. 설아도 데려가거라."

"하지만 할아버지……."

"네 녀석이 데려왔지 않느냐? 그럼 나갈 때도 네 녀석이 책임을 져야지. 같이 가거라."

모용공은 더 이상 여지를 주지 않겠다는 듯이 단호한 얼굴이었다.

그리고 그것은 담설 역시 마찬가지였다.

모용기가 한숨을 푹 내쉬었다.

모용공이 머무는 장원이 더 이상 보이지 않게 되었음에
도 담설은 계속해서 뒤를 힐끔거렸다.

모용공에 대한 걱정이 가득한 얼굴이었다.

모용기가 담설을 힐끔 쳐다보며 말했다.

"그럴 것 없어. 아직 정정하시니까. 앞으로도 수십 년은
더 그러실 거고. 그러니까 그렇게 걱정할 것 없어."

"그러시겠죠?"

"그렇다니까. 그보다 얼른 움직이자. 이 녀석들이 왜 남
경에 왔는지는 모르겠는데, 혹시 사고라도 치면 골치 아프
니까. 그 전에 막아야지."

그 말을 끝으로 속도를 높이는 모용기였다.

그리고 그 뒤를 곧잘 따라붙는 담설.

지난 2년이란 시간을 그녀 역시 헛되이 보낸 것은 아니
란 것을 증명하는 듯한 몸놀림이었다.

지붕과 지붕 사이를 소리 없이 뛰어넘는 두 개의 신형은
채 일각도 지나지 않아 원하는 곳에 도달할 수 있었다.

제법 규모를 갖춘 3층짜리 객잔이었지만, 외관은 세월의
흔적이 여실히 드러나는 허름한 모습이었다.

허름한 객잔을 물끄러미 쳐다보던 모용기가 고개를 갸웃
거렸다.

"소화가 이런 데 머문다고? 그럴 리가 없을 텐데……."

철소화는 성격이 까탈스러운 편은 아니었지만 자라온 환경이 있는 터라 항상 고급 객잔만을 찾던 것이 생각난 것이다.

그리고 툭 하는 작은 기척이 등 뒤에서 들려오자 모용기가 뒤도 돌아보지 않고 객잔으로 다가갔다.

"들어가자."

모용기의 뒤를 따르던 담설이 조금은 우려를 담은 얼굴로 질문했다.

"그냥 들어가도 돼요?"

"괜찮아. 아는 애라니까."

"그래도 예의라는 게 있는데……."

모용기는 더 들은 척도 하지 않고 객잔의 문을 열었다.

끼이익 하는 소리가 들려오고, 외부보다 더 어두컴컴한 객잔의 내부로 모용기가 발을 들이려는 순간.

"누구냐!"

앙칼진 목소리가 울려 퍼지는 동시에 용케 객잔 내부로 새어 들어온 희미한 달빛을 받은 검이 번쩍 빛을 뿜었다.

턱!

그러나 그 검은 원하는 바를 이루지 못했다.

"어? 어? 이거……?"

무언가에 틀어막힌 듯 꿈쩍도 하지 않는 검에 목소리의 주인이 당황한 순간, 불빛이 눈을 혹 쏘고 들어왔다.

그 짧은 순간 담설이 어디선가에서 불을 구해 온 것이다.

"엇! 이런!"

철소화가 본능적으로 눈을 감았다.

당황한 기색이 역력한 철소화를 쳐다보며 히죽히죽 웃고 있던 모용기가 문득 위층으로 시선을 돌렸다.

초췌한 차림의 조희진이 뒤늦게 모습을 드러냈다.

신형을 날리기에 앞서 불빛에 비친 모용기의 얼굴을 확인한 그녀가 눈을 동그랗게 떴다.

"엇! 모용 공자!"

모용기가 인사라도 하듯이 손을 들었다.

"잘 지냈어?"

그 순간 철소화의 검에 실렸던 무게감이 쏙 빠져나갔다.

모용기가 시선을 돌리자 철소화가 양팔을 활짝 편 채 반색을 하며 달려들었다.

"오빠!"

모용기가 히죽 웃더니 슬며시 한 걸음 물러섰다.

목표물을 잃은 철소화가 당황한 얼굴을 했다.

"엇!"

쿵!

이마에 혹이 툭 튀어나온 철소화의 양 볼이 퉁퉁 부어올랐다.

무언가 불만이 가득한 얼굴이었다.

자신을 쏘아보고 있는 철소화를 향해 픽 웃음을 보인 모용기가 주위를 휘휘 돌아봤다.

"근데 왜 너희 둘뿐이야? 다른 녀석들은?"

조희진이 여전히 불퉁한 얼굴의 철소화를 대신해 대꾸했다.

"그게 일이 좀 있어서……."

"일? 무슨 일인데?"

"어? 그러니까……."

조희진이 곤란하다는 얼굴로 말끝을 흐렸다.

함께한 시간이 오래되지 않아 아직은 모용기가 어렵게 느껴졌기 때문이다.

모용기가 호기심이 가득한 눈으로 조희진을 빤히 쳐다보고 있는데 철소화가 입술을 삐죽거렸다.

"오빠는…… 모처럼 만났는데 난 눈에 차지도 않는다 이거지?"

"왜? 나 보고 싶었어?"

웃음기가 가득한 모용기를 쳐다보며 철소화가 얼굴을 찡그렸다.

"됐어. 내가 말을 말아야지."

그리고는 다시 획 시선을 돌려 버렸다.

토라진 모습의 철소화를 물끄러미 쳐다보고 있던 모용기는 다시 조희진을 쳐다보며 질문했다.

"다른 애들 어디 있냐니까? 내가 지금 묻잖아."

"그, 그게……."

거듭된 재촉에도 조희진은 여전히 난처하다는 얼굴이었다.

모용기가 슬며시 얼굴을 찌푸리는데, 가만히 지켜만 보고 있던 담설이 한 걸음 나서며 조희진에게 질문했다.

"오라버니 질문에 답을 해 주는 것이 좋을 텐데요. 여기가 좀 위험한 곳이라."

철소화와 조희진이 동시에 담설을 쳐다봤다.

"오라버니?"

"위험?"

그러나 각기 관심을 가진 분야가 달랐다.

그런 두 사람 중 담설의 우선순위는 조희진이었다.

담설이 조희진을 쳐다보며 고개를 끄덕였다.

"예. 위험해요. 아무것도 모른 채 돌아다니다가는 무슨 일을 당할지도 모르는 곳."

담설의 말에 조희진이 미간을 찌푸렸다.

남경이 눈 감으면 코 베어 가는 곳이란 말은 귀가 따갑도록 들었던 탓이다.

이번에도 같은 의미라 생각해 시선을 돌리려는데 모용기가 끼어들었다.

"설마 애가 너희가 무공을 익힌 것을 모르고 한 말일까. 진짜 위험하니까 그래. 그러니까 얼른 말해 봐."

모용기의 말에 조희진이 흠칫했다.

그러나 여전히 쉽게 입이 열리지 않는지 머뭇머뭇하는데 철소화가 고개를 갸웃거리며 질문했다.

"위험? 뭐가 위험한데?"

"그건……."

이번에는 모용기의 말문이 턱 막혔다.

자신 역시 조희진과 마찬가지로 쉽게 대답해 줄 수 없는 것이기 때문이다.

철소화가 눈을 흘겼다.

"뭐야? 자기도 대답 못 하면서."

모용기가 난감하다는 얼굴을 했다.

그리고는 저도 모르게 담설에게 도움을 구하려 그녀에게로 시선을 향하려는 순간.

모용기가 히죽 웃으며 객잔 밖으로 시선을 돌렸다.

"됐다. 너희들 대신 대답해 줄 녀석이 나타났으니까."

"응?"

철소화가 두 눈에 의문을 품었다.

조희진과 담설의 시선이 동시에 모용기가 쳐다보는 곳으로 향하는 그 순간.

이전처럼 끼이익 소리를 내며 열리는 객잔의 낡은 문 사이로 도복 차림의 청수하게 생긴 노인이 안으로 들어서며 고개를 갸웃거렸다.

"왜 넷이지? 분명 둘이라 들었는데……."

그의 말이 의미하는 바는 분명했다.

그것을 좀 더 일찍 알아챈 조희진이 검을 뽑으며 자리에서 벌떡 일어섰다.

"누구냐!"

그러나 도복 차림의 노인은 여전히 제 말만 했다.

"하긴, 상관없나? 다 죽이면 되니까."

"어? 그게 무슨……."

철소화가 노인을 쳐다보며 황당하다는 얼굴을 했다.

조희진이 재차 노인을 향해 질문을 던졌다.

"누구냐고 물었다! 감히 여기가 어디라고!"

조희진의 경계하는 시선과 동시에 기파가 훅 올라왔다.

그러나 노인은 여전히 평온한 얼굴이었다.

"곧 죽을 것들이 그건 알아서 뭐 하게? 난 그렇게 친절한 사람이……."

"소요자."

나직하게 울려 퍼진 모용기의 목소리.

소요자라 불린 노인이 움찔 몸을 떨며 말을 멈췄다.

그리고는 호기심이 가득한, 그 이면에는 경계심이 깔린 시선으로 모용기를 쳐다봤다.

"넌 누구지?"

"곧 죽을 인간이 그건 알아서 뭐 하게? 난 그렇게 친절한 사람이 아니라고."

소요자가 얼굴을 와락 구겼다.

"이, 이런 건방진…… 으헉!"

그러나 소요자는 이번에도 말을 끝까지 잇지 못하고 기겁을 하며 고개를 숙였다.

그와 동시에 단정하게 묶어 뒀던 머리카락이 팍 터지듯 사방으로 흩날렸다.

등골을 따라 흐르는 식은땀에 서늘한 느낌을 받은 소요자가 잔뜩 긴장한 얼굴로 모용기를 쳐다봤다.

"너, 너 누구…… 그보다 이건 뭐지? 검기는 아닌 것 같은데……."

검기라면 자신이 알아보지 못할 리가 없다.

분명 다른 종류의 기교였다.

그러나 모용기는 굳이 대답해 줄 이유를 찾지 못했다.

자리에서 일어서는 그의 손에는 어느새 검집에서 빠져나온 철검이 불빛을 받아 일렁거렸다.

그리고는 히죽 웃으며 목소리를 냈다.

"그게 아니지. 질문은 내가 할 거야. 영감은 대답만 해."

　제법 거리를 두고 상단의 뒤를 따르던 고민우가 고개를

갸웃거렸다.

그리고는 의문이 담긴 얼굴로 임무일을 쳐다봤다.

"내가 궁금해서 그러는데, 원래 이렇게 늦게까지 이동하나?"

해가 지고 제법 오랜 시간이 지났다.

횃불에 의지한다고 해도 그리 먼 곳까지 시야가 미치지 않는 야심한 밤.

여전히 이동을 계속하는 상단의 무리에 의문이 생긴 것이다.

고민우의 질문에 임무일이 애매하다는 얼굴을 했다.

"흐음……."

그리고는 곧 생각을 정리하며 말을 꺼냈다.

"확실히 늦은 시각이긴 한데, 이게 또 사람마다 달라서…… 그래도 이상하긴 하다."

임무일 역시 확신이 없는 듯, 목소리에 힘이 없었다.

정주형이 둘 사이로 끼어들며 말했다.

"이제 남경에서 제법 멀어졌는데 그냥 확 덮치는 건 어때? 괜히 시간 낭비할 것 없이."

임무일이 고개를 저었다.

"내가 말했잖아. 최대한 조용하게 진일이만 잡아서 나올 거라고."

가급적 상단에는 피해를 입히지 않겠다는 임무일의 생각을 읽은 정주형이 얼굴을 찌푸렸다.

"하여간······ 그럼 이대로 계속 따라가야 해?"

"그래."

"젠장. 오늘도 밤새야겠네."

정주형이 불만이 가득한 얼굴로 투덜거렸다.

안은희가 그런 정주형을 타박했다.

"고작 하룻밤인데 뭐 어때? 봉마곡에서는 며칠 밤도 끄떡없어 놓고는."

"그거야 노친네들이 죽어라 하니까 그런 거고. 난 그 짓 하기 싫었다고. 철 공자님 말이 그게 피부에 안 좋대."

"야, 그걸 지금 말이라고······."

안은희가 한심하다는 얼굴로 정주형을 쳐다봤다.

그 때, 이제껏 말없이 뒤따르기만 하던 혁련강이 처음으로 목소리를 냈다.

"그런데."

평소에도 말수가 적은 혁련강이 입을 열자 모두의 시선이 집중됐다.

혁련강이 다른 이들의 시선은 무시한 채 임무일을 쳐다봤다.

"아무래도 길이 이상한 것 같은데? 원래 상단은 대로를 따라 이동하지 않나? 어째 자꾸 구석진 곳으로 이동하는 것만 같은데······."

"음······."

그제야 임무일도 무언가를 눈치 챈 얼굴이었다.

그리고는 심각한 얼굴로 임진일이 이끄는 상단으로 시선을 옮기는 순간.

짤랑짤랑한 교성이 터져 나왔다.

"오호호. 이제 눈치 챘나 봐? 기재들이라 소문이 자자하길래 긴장했더니 생각보다 둔하네."

가는 연인의 목소리가 귓가에 또렷하게 틀어박혔다.

임무일이 딱딱하게 얼굴을 굳혔다.

"내가 고수? 누구냐!"

더 이상 눈치 볼 이유가 없어진 임무일의 목소리가 쩌렁쩌렁하게 퍼져 나갔다.

그와 동시에 불쑥 치솟아 오르는 세 개의 인영.

하나의 여인, 하나의 노인, 하나의 아이를 임무일이 믿을 수 없다는 눈으로 쳐다봤다.

"어, 어떻게…… 분명 기척이 없었는데?"

아이의 모습을 한 조문홍이 악동 같은 얼굴을 하며 어깨를 들썩였다.

"그 정도야 어렵지 않지."

그리고는 여전히 백발이 인상적인 위일청을 쳐다보며 헤실거렸다.

"다 죽이면 되지? 다른 말 하기 없기다?"

위일청이 고개를 저었다.

그리고는 임무일을 향해 턱짓을 했다.

"쟤는 일단 살려 둬. 금룡이란 꼬맹이가 필요하다고 했으니까."

"쟤만? 그 정도야 뭐."

조문홍이 마음에 든다는 얼굴로 고개를 끄덕였다.

그리고 다시 임무일 등에게 시선을 돌리는데, 그보다 월향이 하늘하늘한 연검을 뽑아 들며 먼저 앞으로 나섰다.

"저 꼬맹이 말대로 밤새면 피부에 안 좋다고. 빨리빨리 하자."

그리고는 푹 꺼지듯 신형을 날렸다.

무섭게 다가서는 월향의 연검에 임무일이 이를 갈았다.

"젠장!"

앞서 조희진과 마주쳤던 검각의 여인, 금소소가 나직이 한숨을 내쉬었다.

이번에도 은주령을 잡지 못했기 때문이다.

해가 저문 지 한참이나 지나 어느새 주위는 짙은 어둠이 깔려 있었다.

주위를 휘휘 둘러보던 금소소가 일행을 이끌고 있는 검옥련에게 다가갔다.

"사저, 많이 어두워졌습니다. 오늘은 이만하고 쉬는 것이 어떻겠습니까?"

금소소의 말에 검옥련이 그제야 시선을 들었다.

무슨 생각을 하는지 땅만 보며 한참을 이동하던 그녀가 비로소 생각에서 깨어난 것이다.

"벌써 날이…… 잠깐 다른 생각을 하느라 미처 알아보지 못했군."

검옥련이 금소소를 향해 고개를 끄덕이더니 제자들을 불러 자리를 마련하도록 했다.

그래 봐야 노숙일 뿐이었지만 검옥련을 따르던 제자들은 그제야 살겠다는 얼굴을 했다.

그리고는 기꺼운 얼굴로 분주하게 움직이더니 오래지 않아 불을 피우고 하룻밤을 보낼 곳을 마련하는 그녀들이었다.

금소소가 검옥련을 쳐다보며 말했다.

"사저, 일단 좀 먹고 쉬어야 할 것 같은데 아무래도 날이 어두워서 제자들은 좀……."

금소소가 하는 말의 뜻을 단박에 알아들은 검옥련이 고개를 끄덕였다.

"그럼 사매와 내가 함께 가도록 하지."

그리고는 멀뚱멀뚱 쳐다보고 있는 제자들을 향해 목소리를 높였다.

"일단 앉아서 쉬고 있도록 하라. 사매와 내가 먹을 것을 구해 오마."

"알겠습니다."

한목소리로 대답하는 제자들의 모습에 검옥련이 고개를 끄덕이더니 신형을 돌렸다.

그리고 그 뒤를 금소소가 냉큼 따라붙었다.

제법 오랜 시간을 굶은 제자들이 걱정된 것인지 그녀들의 발걸음이 제법 빨라졌다.

그러나 대도시일수록 먹을 것을 찾기가 어려운 법이다.

관군들이 나서서 한 번씩 싹 쓸어버려 들짐승을 찾기가 어려웠기 때문이다.

그 탓에 검옥련과 금소소는 제법 많은 거리를 이동해야만 했다.

한참을 이동하며 주위를 살피던 금소소가 난감하다는 얼굴을 했다.

"……사저, 보이는 것이 영 없습니다."

검옥련 역시 곤란하다는 얼굴은 마찬가지였다.

"그러게 말이야. 미안하네. 좀 더 서둘렀어야 했는데 내가 잡생각에 빠져서는……."

"아닙니다. 그것이 어찌 사저만의 탓이겠습니까? 저도 생각이 많아서 미처 살피지 못했는걸요."

여전히 난처하다는 얼굴을 하고 있는 검옥련을 금소소가 좋은 말로 달랬다.

검옥련이 한숨을 푹 내쉬었다.

"그렇게 말해 주면 고맙고. 그보다 더 가면 안 될 것 같은데……."

이미 제법 많은 시간을 이동한 후였다.

제자들과 제법 거리가 벌어진 것이다.

그들끼리 내버려 두는 것이 영 불만했던 검옥련이 금소소를 쳐다봤다.

금소소 역시 어쩔 수 없다는 얼굴로 고개를 끄덕였다.

"할 수 없지요. 오늘 밤은 죽이나 좀 먹고 버틸 수밖에요. 일단 돌아가는 것이 좋겠습니다."

"그게 좋겠어. 아무래도 제자들만 내버려 두는 것은 좀 그렇지."

검옥련이 먼저 신형을 돌렸다.

그리고는 왔던 방향을 되짚으려던 검옥련이 한순간 귀를 쫑긋거렸다.

"응?"

금소소가 고개를 갸웃거렸다.

"왜 그러십니까?"

검옥련은 어딘가를 향해 시선을 돌리는 것으로 대답을 대신했다.

그녀가 향하는 방향으로 눈길을 따라가던 금소소가 한순간 딱딱한 얼굴을 했다.

"병장기 소리."

"맞아. 아무래도 싸움이 난 것 같은데…… 일단 가 보세."

금소소가 말릴 새도 없이 몸을 휙 날리는 검옥련이었다.

그리고는 채 일각도 되지 않아 싸움이 벌어진 곳에 도달한 검옥련은 제법 거리가 떨어진 곳에서 그들을 관찰했다.

간신히 검옥련의 뒤를 따라붙은 금소소가 약간은 흐트러진 숨을 가다듬고는 그녀에게 다가서려 할 때.

검옥련이 주위로 한순간 기파가 훅 치솟아 올랐다.

금소소가 당황한 얼굴로 검옥련을 불렀다.

"어? 사저?"

그러나 검옥련은 금소소의 말에 대꾸조차 하지 않고 휙 몸을 날렸다.

"은주령 이년!"

오광과 함께 일행이 머무는 객잔으로 다가서던 하유선이 고개를 갸웃거렸다.

"어라? 왜 불이 밝혀져 있지?"

그도 그럴 것이 객잔에 남은 것은 철소화와 조희진 단 두 명뿐.

아래층에 불을 밝힐 이유가 전혀 없었다.

원인을 몰라 어리둥절한 표정을 짓던 하유선의 얼굴에 이내 당황스런 감정이 스며들었다.

"초, 총관. 이거 어쩌면……."

오광 역시 하유선과 같은 생각을 한 것인지 그의 표정 역시 좋지 못했다.

이미 한발 늦은 것일 수도 있다.

그러나 확인은 해야 했다.

"제가 먼저 들어가 보겠습니다."

"어? 초, 총관. 그러지 말고 같이……."

뒤를 따르려는 하유선을 향해 오광이 차가운 얼굴로 고개를 저었다.

"기다리십시오. 금방 돌아오겠습니다."

생각 같아서는 하유선을 멀리 떼어놓고 싶었지만 당장은 그럴 수가 없었다.

이미 정영루의 문도들을 정리했고 조금 시간이 지나면 불길이 솟아오를 터였기 때문이다.

지금은 자신이 하유선을 책임져야 했다.

불안하게 흔들리는 하유선의 눈빛을 냉정하게 외면한 오광이 조심스럽게 걸음을 옮겼다.

그리고는 객잔의 입구가 아닌 창 측으로 이동해 안쪽을 살피려 얼굴을 가져가려는데, 작은 바람이 스쳐 지나가며 비릿한 냄새가 훅 풍겨 왔다.

'이런! 한발 늦었나?'

그것이 피 냄새라는 것을 어렵지 않게 알아챈 오광이 얼굴을 딱딱하게 굳히려는 순간.

"왔으면 들어오지 않고 뭐 해? 쥐새끼처럼 살금살금 기어 다니지 말고."

철소화의 목소리에 오광이 흠칫 몸을 떨었다.

그리고는 냉큼 창 안으로 고개를 집어넣던 오광이 두 눈을 동그랗게 떴다.

"아, 아가씨!"

"누군가 했더니 오 총관이었네. 그 계집애는 어디 있어?"

"예?"

내부를 살피며 복잡한 얼굴을 하던 오광이 한순간 철소화의 말을 놓쳤다.

그러나 대답은 굳이 필요하지 않았다.

빠르게 다가서는 하유선의 기척을 놓치지 않았기 때문이다.

"소, 소화야! 무사했구나!"

하유선이 반가운 얼굴을 했다.

그러나 철소화의 표정은 여전히 냉랭했다.

"뭐래, 이 계집애가? 내가 죽기라도 바란 거야?"

"아, 아니 난 그게 아니라……."

"그게 아니면 뭔데? 자기 혼자 홀라당……."

철썩!

"아! 아얏! 이 씨! 왜 때려?"

등짝에 후끈한 통증이 전해지자 철소화가 울상을 하며 모용기를 쳐다봤다.

모용기가 쯧 하며 혀를 찼다.

"요게 못돼먹어 가지고. 걱정해 주는 사람한테 말이 왜 그 모양이야?"

"몰라서 그래? 쟤잖아, 쟤! 그때 오빠 속여서 죽을 뻔했던 거 기억 안 나?"

당연히 기억이 난다.

그 말에 기억이 되살아난 것인지 하유선이 모용기를 쳐다보며 눈을 동그랗게 떴다.

"어? 다, 당신!"

"뭘 그렇게 놀라? 처음 보는 얼굴도 아닌데."

모용기가 히죽 웃음을 보였다. 반면 하유선은 여전히 당황스러운 감정을 감추지 못했다.

그 때, 어느새 객잔 내부로 들어와 가슴을 난도질당한 채 차갑게 굳어 가는 시신을 살피던 오광이 신음성을 흘리듯 목소리를 냈다.

"으음…… 소요자로군요."

오광의 목소리에 정신을 차린 하유선이 그를 쳐다봤다.

"소요자?"

"그렇습니다. 형산파 출신의 고수인데, 한동안 안 보인다 했더니 저들에게 붙어 있었군요."

그리고는 소요자의 시신을 이리저리 뒤적거리던 손길을 멈추고 자신의 품 안에서 섭선을 꺼내 들었다.

오광의 갑작스런 움직임에 하유선이 의문을 표했다.

"갑자기 그건 왜……."

하유선의 물음에 오광은 대답 대신 행동이 먼저였다.

철로 된 섭선을 활짝 펼치더니 싸늘하게 식어 가는 소요자의 난도질당한 가슴을 몇 번 더 획획 그었다.

제법 많은 피가 빠져나왔는지 더 이상 핏물조차 튀어 오르지 않았다.

그 모습을 바라보던 하유선이 당황한 얼굴을 했다.

"초, 총관?"

그것은 철소화와 조희진, 담설 역시 마찬가지였다.

오로지 모용기만 고개를 끄덕였다.

"이 아저씨 일 잘하네."

모용기의 목소리를 용케 놓치지 않은 철소화의 시선이 모용기를 향했다.

모용기가 어깨를 들썩였다.

"저래야 내가 무슨 짓을 했는지 흔적이 남지 않지. 사실 알아볼 사람이 있을까 의문이긴 하지만, 그래도 기왕 하는 거 깔끔하게 하는 게 나으니까."

그제야 오광의 행동이 갖는 의미를 알아챈 철소화였다.

그러나 마음에 들지 않는 건 마찬가지였는지 여전히 미간을 좁히고 있었다.

"그래도 저건 좀…… 그냥 파묻어 버리는 게 낫지 않아?"

그 때 오광이 자리에서 일어서며 목소리를 냈다.

"그럴 시간이 없습니다. 서둘러 움직여야 합니다."

그 말에 담긴 의미를 가장 먼저 알아챈 모용기가 얼굴을 찡그렸다.

"저쪽에서 눈치 챘어?"

그러나 오광은 모용기를 물끄러미 쳐다보기만 할 뿐 입을 열지 않았다.

모용기가 오광을 재촉하기에 앞서 하유선이 먼저였다.

"말해 줘도 괜찮아요. 믿을 수 있는 사람이니까."

오광은 하유선의 말에 의문을 품지 않았다.

오광이 고개를 끄덕이며 모용기를 쳐다봤다.

"공자 말이 맞습니다. 저쪽에서 눈치 채고 움직이기 시작했습니다."

"젠장!"

모용기가 얼굴을 와락 일그러트렸다.

그리고는 다급한 얼굴로 질문을 이어 갔다.

"다른 애들 어디 있어? 당신은 알지?"

오광이 고개를 끄덕였다.

"서문을 나섰다고 들었습니다."

"서문······."

모용기가 오광의 말을 곱씹더니 한순간 흩어지듯 휙 신형을 날렸다.

철소화가 당황한 얼굴로 모용기의 뒷모습을 쫓았다.

"나도 갈 거라고!"

두 개의 검광이 좌우에서 번쩍이며 월향에게 위협을 가했다.

평소라면 영활하게 움직이며 그 사이를 헤집고 다녔을 월향의 연검이 이번만은 좀체 힘을 쓰지 못했다.

자신의 변화를 훤히 꿰뚫어 보는 듯한 검옥련과 금소소의 움직임에 위축된 것이다.

둘의 검을 온전히 받아 낼 수 없었던 월향이 뒷걸음질 치며 빠드득 이를 갈았다.

"이 빌어먹을 년들이!"

잔뜩 독이 오른 월향의 연검이 새파란 검기를 잔뜩 머금으며 한순간 고개를 빳빳하게 세웠다.

그러나 검옥련과 금소소는 단 한 걸음도 물러서지 않았다.

"흥!"

검옥련이 가볍게 코웃음을 치며 휙 몸을 날렸다.

그와 동시에 금소소가 푹 꺼지듯 자세를 낮췄다.

위협적인 검기가 아래위를 동시에 노렸다.

"제길!"

혼선을 주는 두 개의 검기를 동시에 받아 낼 자신이 없었던 월향이 욕설을 내뱉으며 한 걸음 물러섰다.

그 순간 두 개의 검기가 교차하며 월향의 면전으로 순식간에 날아들었다.

"이, 이런!"

월향이 당황한 와중에도 급하게 연검을 세웠다.

쾅!

"큭!"

월향이 두 줄기 선을 길게 남기며 주르륵 밀려났다.

멀리서 그 모습을 지켜보고 있던 임진일이 잔영을 쳐다봤다.

"저거…… 도와야 하는 거 아니에요?"

그러나 잔영은 별다른 감흥이 없는 얼굴이었다.

"괜찮을 것이다. 저 정도에 당할 것 같았으면 아직까지 살아 있지도 못했을 테니까."

검옥련과 금소소가 철저하게 월향에게 맞춰져 키워진 고수라는 것을 한눈에 알아본 잔영이다.

그래서 그것의 맹점까지 어렵지 않게 알아챌 수 있었다.

둘의 검이 빠른 시간 안에 월향을 제압한다면 모를까, 그게 아니면 도리어 그녀에게 잡아먹힐 것이다.

강호에서 온갖 싸움을 경험한 월향이라면 시간이 갈수록 둘의 움직임에 익숙해질 것이기 때문이다.

게다가 월향이 제법 버티는 것으로 보아서는 검옥련과 금소소가 빠른 시간 안에 월향을 제압할 가능성은 없어 보였다.

계산이 선 잔영은 월향에게서 관심을 끊고 잠시 싸움을 멈춘 채 낙류장의 두 마두들과 대치 중인 임무일 등을 쳐다봤다.

"그보다 저 녀석들부터 처리해야겠군."

임진일이 잔영의 시선을 따라갔다.

"저 녀석들이요? 혹시 저 녀석들이 두 어르신들을……."

"아니, 그건 아니고. 쓸데없이 넘겨짚지 마."

"그, 그럼……."

"죽었다 깨도 저 녀석들이 낙류장의 두 노괴들을 이기지는 못하겠지만, 그래도 한둘 정도는 도망치는 게 가능할지도 모르니까. 그건 곤란하지 않나?"

잔영의 목소리에 집중하던 임진일이 세차게 고개를 끄덕였다.

"그, 그렇습니다. 하나라도 빠져나가면 제 입장이 난처해집니다. 다 죽여야…… 아, 아니 임무일 저 자식은 잡고 나머지는 다 죽여야 합니다."

임진일의 대꾸에 히죽 웃음을 보인 잔영이 한순간 손가락을 딱 하고 튕겼다.

"가서 막아."

그 순간 둘의 주위에서 십여 개의 그림자가 불쑥 치솟아 올랐다.

검옥련과 금소소의 등장으로 한숨을 돌린 정주형 등이 임무일을 중심으로 몰려들었다.

길게 찢어져 굵은 핏줄기를 뿜어내고 있는 어깨를 한 손으로 움켜쥐고 있던 정주형이 검옥련과 금소소를 힐끔 쳐다보며 말했다.

"검각이 왜……."

그러나 누구도 그 의문에 대답해 주지 못했다.

그 이유를 알기는커녕 그것에 대해 고민할 수조차 없었다.

여전히 자신들을 노리고 있는 위일청과 조문홍을 경계하느라 다른 곳에 신경을 쓸 여유가 없었던 탓이다.

같은 입장이었던 정주형 역시 이내 검각의 두 여인에게 관심을 끊어 버리며 낙류장의 두 마두들에게 시선을 집중했다.

그 순간 무언가가 툭 하고 정주형의 목덜미를 건드렸다.

이질적인 진기가 파고들자 정주형이 얼굴을 찌푸리며

임무일을 돌아봤다.

"뭐야?"

"지혈."

할 말이 없어진 정주형이 끙 하고 앓는 소리를 냈다.

어깨를 부여잡고 있던 손을 슬며시 떼자 확실히 콸콸 쏟아지던 핏줄기는 해결된 모습이었다.

그러나 고통은 여전했다.

식은땀으로 흠뻑 젖어 있던 정주형이 입술을 삐죽거리며 투덜거렸다.

"할 거면 고통도 좀 멎게 해 주지."

"그건 네 전문이잖아. 약 먹어."

임무일의 말에 잠시 솔깃한 얼굴을 하는 정주형이었다.

그러나 이내 고개를 젓고 말았다.

"그건 안 돼. 감각이 둔해져서."

정주형의 대꾸에 임무일이 쓴웃음을 머금었다.

고통이 극심할 터인데도 어떻게든 버티려는 것을 알아차렸던 것이다.

그리고는 더욱 목소리를 낮추며 말했다.

"누가 갈래?"

앞뒤를 다 잘라먹은 말이었지만 그 의미를 눈치 채지 못한 이는 없었다.

그러나 누구도 그의 말에 선뜻 대꾸하지 못했다.

여전히 낙류장의 두 노괴를 노려보며 잠시 친구들의 대답을 기다리던 임무일이 결국 다시 목소리를 냈다.

"은희 네가 가라."

"뭐? 뭐?"

안은희의 얼굴이 일순 당황으로 물들었다.

그러나 이내 독이 가득 오른 눈으로 고개를 저었다.

"싫어. 왜 내가 가? 그럼 시간은 누가 끌고? 차라리 도움이 안 되는 주형이가 가는 게 나아."

안은희의 말에 정주형이 얼굴을 찌푸렸다.

그러나 그 마음 씀씀이를 알아채는 데는 오랜 시간이 걸리지 않았다.

정주형이 다시금 냉정한 얼굴을 하며 고개를 저었다.

"난 못 가. 알다시피 내가 좀 느려서. 그러니까 네가 가. 이중에는 네가 가장 빠를 테니까."

정주형이 현실을 정확하게 짚었다.

황월영에게 명옥공을 전수받은 안은희가 그나마 이곳을 벗어날 확률이 높다 생각한 것이다.

고민우 역시 정주형의 말에 동의한다는 듯이 고개를 끄덕였다.

"주형이 말이 맞다. 은희 네가 가라."

"싫다니까! 내가 없으면 저것들 상대로 시간을 벌 자신은 있고? 일각도 안 돼서 나 쫓아올 게 뻔한데, 그걸 어떻게 벗어

나라고? 싫어. 안 가. 못 가. 내가 남아서 시간 벌 테니까……."

그 때 혁련강이 안은희의 어깨를 턱 짚으며 그녀의 말을 끊었다.

"네가 가. 그게 맞다."

"그러니까 시간을……."

그 때 정주형이 품속에서 자그마한 주머니들을 잔뜩 꺼내 들더니 양손에 나누어 쥐었다.

안은희가 흠칫 몸을 떨었다.

"어? 너 그거……."

어지간해서는 독주머니를 꺼내 들지 않는 정주형이다.

그의 내력이 아직 얕다 보니 완벽하게 제어할 수 없었기 때문이다.

정주형이 이를 아드득 갈았다.

"내, 내가 책임지고 시간 끌어 준다. 그러니까 가. 가서 살아서 복수하라고. 너 아니면 누구도 못하는 거니까."

안은희가 이전처럼 당황한 얼굴을 했다.

그리고 누구도 더 이상 안은희를 돌아보지 않았다.

안은희는 빨개진 눈으로 그들을 바라볼 뿐 아무런 말도 꺼내지 못했다.

그 순간 정주형이 아무런 예고도 없이 독주머니를 휙 던졌다.

그와 동시에 기다렸다는 듯이 검을 휘두르는 고민우였다.

이내 날카로운 검기가 쭉 뻗어 나가더니 독주머니가 퍽 하고 터지며 거무스름한 가루가 사방으로 흩어졌다.

그와 동시에 임무일이 몸을 날리며 소리쳤다.

"가!"

그 뒤를 정주형, 고민우, 혁련강이 뒤따랐다.

낙류장의 두 마두들이 손을 뻗자 쾅 하고 폭음이 일었다.

안은희가 이를 악물더니 억지로 몸을 돌렸다.

"그, 금방 올게!"

그리고는 휙 몸을 날려 허공으로 몸을 띄우는 순간.

팟 하는 소리와 함께 십여 개의 그림자가 동시에 치솟아 올랐다.

안은희가 두 눈을 동그랗게 떴다.

"이런……."

그리고 당황이 체념으로 바뀌는 데까지는 그리 오랜 시간이 걸리지 않았다.

'미, 미안!'

안은희가 눈을 질끈 감는 순간.

서걱!

사방에서 무언가가 후드득 하며 떨어져 내렸다.

"어?"

이상함을 느낀 안은희가 살며시 눈을 뜨다 어느새 코앞까지 다가온 흙바닥을 발견하며 급하게 자세를 잡았다.

그리고는 고양이처럼 가볍게 바닥을 딛는 동시에 주위를 살폈다.

진한 혈향에 인상을 찌푸리기도 전에 무언가가 무서운 속도로 안은희에게 접근했다.

그리고 그것은 안은희의 앞에 툭 떨어져 내리듯 모습을 보이더니 그녀가 뭐라 말할 새도 없이 허리를 굽혔다.

"우웨엑! 죽겠다! 제, 젠장! 이러다가 싸우다가 죽는 게 아니라 달리다가 죽겠네."

"어? 이 목소리는……."

잠시 어리둥절한 얼굴을 하던 안은희가 용케 그 정체를 알아채고는 반색하며 소리쳤다.

"기아야!"

참룡
회귀록

斬龍回歸錄

참룡회귀록

斬龍回歸鍊

67 章.

　　자욱하게 흩날리는 거무튀튀한 가루들을 쳐다보며 위일
청이 미간을 좁혔다.

　　"독?"

　　조문홍이 고개를 끄덕이며 픽 웃음을 보였다.

　　"자식들, 귀엽네."

　　그리고는 한 걸음 앞으로 나서더니 왼손을 빠르게 회전
시켰다.

　　눈에 보이지 않을 정도로 빠르게 움직이는 왼손에 이끌
려 긴 소맷자락이 큰 원을 이뤘다.

　　그러자 그것을 중심으로 강력한 기파가 생겨나더니 사
방으로 흩어지려는 독가루들이 빨려 들어가며 유형의 구

형태를 갖추기 시작했다.

일행의 전면에서 낙류장의 두 마괴를 들이치려던 정주형이 두 눈을 동그랗게 떴다.

"어? 저거……."

예전에도 한 번 경험한 적이 있는 상황.

정주형의 두 눈이 불안으로 살짝 흔들릴 때, 조문홍이 악동 같은 얼굴을 하더니 왼손을 휙 내저었다.

"너네 다 가져!"

무섭게 뻗어 오는 거무튀튀한 독의 덩어리에 정주형이 기겁을 했다.

"피, 피해!"

정주형의 외침이 들림과 동시에 넷의 신형이 그 자리에서 뚝 떨어져 내렸다.

독의 덩어리가 아슬아슬하게 머리 위를 스쳐 지나려는 순간 위일청이 가볍게 손가락을 튕겼다.

무형의 날카로운 기운이 쉭 날아들더니 독의 덩어리에 그대로 박혀 들었다.

퍽!

그와 동시에 사방으로 비산하는 독가루에 정주형이 얼굴을 와락 구겼다.

"망할!"

어떻게든 수습해 보려 정주형이 양손을 뻗으려는데, 그

보다 먼저 임무일이 그의 머리를 찍어 눌렀다.

"다들 숙여!"

그리고는 제자리에서 빠르게 회전을 시작했다.

강력한 기파가 회오리치듯 불끈 치솟아 오르더니 독가루를 훅 밀어냈다.

간신히 여유가 생긴 고민우가 힐끔 뒤를 돌아봤다.

직후 안은희를 노리며 치솟아 오르는 열 개의 그림자.

"이, 이런!"

평소라면 놓칠 리 없었겠지만, 낙류장의 두 마두들에게 시선을 빼앗긴 탓에 미리 알아채지 못한 것이다.

"젠장!"

같은 것을 확인한 혁련강이 휙 몸을 날리려 할 때 십여 개의 그림자가 한순간 상하가 뚝 분리되더니 핏물을 후드득 쏟았다.

"뭐, 뭐야?"

혁련강이 입을 쩍 벌렸다.

고민우 또한 상당히 놀란 듯한 얼굴로 두 눈을 크게 뜰 때 안은희가 비명을 지르듯 목소리를 높였다.

"기아야!"

그 목소리를 접한 정주형이 해괴한 얼굴을 했다.

"누, 누구?"

믿기지가 않는다는 듯한 표정으로 뒤돌아본 그는 이내

저도 모르게 고개를 끄덕이고 말았다.

"저 자식 모용기 맞네."

상대가 그 누가 되었든 좀체 긴장하는 모습을 찾아볼 수 없던 이가 바로 모용기였다.

전장의 한가운데서 요란하게 헛구역질을 할 수 있는 이 역시 그 녀석뿐이리라.

이내 반가움이 가득한 얼굴을 한 정주형이 단번에 몸을 날리려 했다.

"모용기! 야, 인마!"

그 순간 벌떡 허리를 펴며 검을 휙휙 긋는 모용기.

모용기가 얼굴을 와락 구겼다.

"어떤 새끼야! 어떤 새끼가 나한테 독을 던졌어!"

정주형이 눈을 동그랗게 떴다.

"독?"

모용기를 중심으로 훅 밀려나는 검은 가루들이 다시금 자신들에게 접근하는 것을 쳐다본 정주형의 두 눈이 불안하게 흔들렸다.

재빨리 시선을 돌려 제 친구들을 찾았을 때, 임무일 등은 이미 한 걸음 물러서서 입과 코를 가리고 있었다.

이내 그들의 시선이 한곳으로 향하고 있다는 것을 깨닫고 같은 곳을 바라본 정주형의 눈빛이 이전보다 더없이 크게 요동쳤다.

격하게 움직인 탓에 제 어깨에서 다시금 핏물이 배어나고 있었던 것이다.

"이, 이런!"

정주형이 급하게 바닥에 주저앉더니 품 안의 주머니를 와르르 쏟아 냈다.

주머니들을 뒤적거리는 그의 손길은 무척이나 다급했다.

"해약! 해약! 젠장! 무슨 독을 던졌는지 내가 어떻게 알아!"

위일청이 모용기를 노려보며 미간을 좁혔다.

"검기가…… 아닌가?"

검기라면 응당 갖춰야 할 형체가 없었던 탓이다.

위일청이 고개를 갸웃거리며 조문홍을 찾았다.

"자네는 봤나? 검기 말일세."

그러나 조문홍은 답이 없었다.

오히려 하얗게 질린 얼굴로 주춤주춤 물러서는 모양새였다.

"괴, 괴물……"

위일청의 이마에 자리 잡은 주름이 더 진해졌다.

위일청이 자신의 의문을 풀려 재차 질문을 이어 가려는 순간, 조문홍이 번개같이 튀어 오르며 소리쳤다.

"튀, 튀어!"

"응?"

조문홍의 반응에 위일청이 두 눈을 크게 떴다.

그러나 의문보다 행동이 먼저라는 것도 본능적으로 알 수 있었다.

위일청이 급하게 몸을 날려 조문홍의 뒤로 따라붙으려는 순간.

쉭!

자신의 앞으로 길게 선을 그은 검의 흔적.

섬뜩한 느낌에 반사적으로 몸을 멈춘 것이 천만다행이었다.

위일청이 한순간에 주르륵 식은땀을 쏟아 내며 말을 더듬었다.

"대, 대체 뭐가……."

어느새 곁으로 되돌아온 조문홍이 위일청의 팔을 잡아끌었다.

"닥치고 튀어! 튀라고!"

"으, 응?"

멍청한 얼굴을 하는 위일청을 거칠게 끌어당기며 다시 몸을 날리려는 조문홍.

그러나 그는 원하는 바를 이루지 못했다.

흡사 귀신같은 움직임으로 접근한 모용기가 둘의 앞을 막아서고 있었기 때문이다.

조문홍이 당황한 얼굴을 했다.

"너…… 너……!"

모용기가 히죽 웃으며 검을 들었다.

"잘 지냈어? 나 안 보고 싶었고? 난 영감들 되게 보고 싶었는데."

회귀 전에 두 마두들에게 시달린 것이 불쑥 떠오른 탓이다.

그러나 모용기의 말을 알아들을 리 없었던 조문홍은 더더욱 창백해진 얼굴로 주춤주춤 뒷걸음질 쳤다.

"미, 미친! 내가 널 왜 보고 싶어? 저리 가! 저리 가라고!"

필요 이상으로 격한 반응을 보이는 조문홍이었다.

난데없는 상황에 얼떨떨한 얼굴을 하던 위일청이 한순간 빠드득 이를 갈았다.

"네가 누군지는 모르겠다만, 심히 건방지구나."

모용기가 위일청과 시선을 맞추며 손가락으로 자신을 가리켰다.

"내가? 진짜? 에이, 그건 아니지."

그리고는 다시 위일청을 쳐다보며 말을 이었다.

"건방지다는 건 윗사람이 아랫사람, 혹은 강자가 약자에게나 할 수 있는 말이라고. 근데 영감들이 강자는 아니잖아? 안 그래?"

"네놈!"

더는 참을 수 없다는 듯이 위일청을 중심으로 파지직 기파가 튀어 올랐다.

그러나 모용기를 향해 몸을 날리기도 전에 조문홍이 기겁을 하며 위일청을 밀어냈다.

"피, 피해!"

"엇!"

위일청이 당황한 목소리로 비틀거리며 한 걸음 물러서는 순간.

촤악!

이번에도 검의 흔적이 선명하게 바닥에 남았다.

그제야 조문홍이 긴장하는 이유를 확연히 알게 된 위일청이었다.

형체조차 파악할 수 없을 정도로 기묘한 모용기의 검을 자신들로서는 상대하기 어렵다는 것을 비로소 납득한 탓이다.

모용기가 남긴 검의 흔적을 멍청한 얼굴로 쳐다보던 위일청이 딱딱한 얼굴로 시선을 돌렸다.

"너, 넌 대체……."

그러나 모용기는 더 이상 위일청에게 관심을 두지 않았다.

어느새 조문홍에게로 향한 모용기의 시선은 마치 재미있는 장난감을 살피는 아이의 그것과 같았다.

"역시 영감이 더 강해. 그렇지?"

"무, 무슨!"

"무슨 말이긴. 칭찬이지. 그러니까 그만 죽어!"

모용기가 이전처럼 검을 획 그었다.

조문홍이 기겁을 하며 몸을 틀었다.

"시, 싫어! 저리 가라고!"

홀로 낙류장의 두 마두들을 상대하는 모용기.

"마, 말도 안 돼!"

그 모습을 바라보던 임진일이 입을 쩍 벌렸다.

조문홍과 위일청이 강자라는 사실을 귀에 박히도록 들었
고, 실제로 두 눈으로 확인하기도 했었던 그였다.

문제는 무공을 보는 눈이 그리 깊지는 않았지만, 그런 두
사람을 상대하는 모용기에게 여유가 있다는 것 정도는 확
실히 알 수 있었던 것이다.

"뭐, 뭐…… 저런 놈이……."

믿기지 않는다는 눈을 한 채 말을 더듬던 그가 무슨 생각
이 들었는지 급하게 시선을 돌렸다.

임진일이 심각한 얼굴을 하고 있는 잔영에게 말했다.

"저, 저놈은 대체 누구입니까? 두 어르신을 어떻게……
그것도 동시에 말이에요."

그러나 그것은 잔영 역시 쉽사리 대답해 줄 수 없는 문제

였다.

제법 거리가 떨어져 있는 탓에 얼굴조차 확인하지 못한 그였다.

'대체 누구지?'

더군다나 전혀 달라진 무공마저 더해지며 화과산에서 보았던 모용기라고는 짐작할 수조차 없었다.

그러나 잔영은 얼른 고개를 저어 고민을 끊어 냈다.

석가장에서의 실수를 되풀이할 수는 없었기 때문이다.

잔영이 손가락을 딱 하고 튕기자 그를 중심으로 이십여 개의 그림자가 동시에 솟구쳐 올랐다.

"어엇?"

소리 없이 나타난 그림자들에 임진일이 당황한 얼굴을 했다.

잔영은 임진일에게 시선조차 주지 않고 모용기를 가리키며 검지를 뻗었다.

"막아."

말만 그렇다 뿐 죽으라는 소리와 다를 바 없는 명령이었다.

그러나 이십여 개의 그림자는 한 치의 망설임도 보이지 않고 일제히 몸을 날렸다.

잔영이 미련 없이 등을 돌렸다.

그 때 임진일이 당황한 얼굴로 잔영의 팔을 낚아챘다.

"어? 어? 이게 대체 무슨……."

잔영이 미간을 좁히며 자신의 팔을 낚아챈 임진일의 오른손을 쳐다봤다.

덜컥 겁이 난 임진일이 냉큼 잔영의 팔을 놓으며 고개를 숙였다.

"죄, 죄송합니다. 하지만 이렇게 가시면 제가 곤란해집니다. 임무일과 저 녀석들은 해결해야 한다구요."

임진일의 말에 잔영이 놓치고 있던 부분을 뒤늦게 떠올렸다.

"맞다. 네 일을 해결해야 하지?"

잔영이 고개를 끄덕이자 비로소 안도의 한숨을 내보이는 임진일이었다.

저들이 이 자리에서 살아남으면 자신의 설 곳이 없어진다.

반드시 해결해야 했다.

임진일이 잔영을 쳐다보며 재차 입을 열려는 순간.

퍽!

"어?"

난데없는 타격음에 임진일이 눈을 동그랗게 떴다.

그리고는 저도 모르게 고개를 숙이는데, 잔영의 손에는 아직까지도 펄떡거리는 누군가의 심장이 들려져 있었다.

"어? 어?"

그리고 임진일이 한 번 더 시선을 옮겼다.

피를 콸콸 쏟아 내고 있는 자신의 가슴.

"어? 어? 어?"

미처 할 말을 찾지 못하는지 어리둥절한 얼굴을 하던 임진일은 그것을 마지막으로 털썩 무너져 내렸다.

임진일의 심장을 아무렇게나 내던져 버린 잔영이 쯧 하고 혀를 찼다.

"한 소리 듣겠지만 어쩔 수 없지."

그리고는 뒤도 돌아보지 않고 휙 몸을 날렸다.

홀로 남겨진 임진일의 시신만이 싸늘하게 굳어 갔다.

"망할! 이런 빌어먹을 놈들이!"

순식간에 들이닥친 스무 개의 그림자.

그와 동시에 미련 없이 자리를 뜨는 위일청과 조문홍의 모습에 모용기가 얼굴을 구겼다.

'죽여야 하는데…….'

기회가 있을 때 착실하게 수를 줄여 둬야 했다.

아직 상대해야 할 이들이 많았기 때문이다.

그러나 한순간에 모습을 감춰 버리는 두 사람과 더불어 자신을 가로막는 이십여 개의 그림자에 화가 머리끝까지 솟구쳐 오른 모용기였다.

"젠장! 다 죽었어!"

모용기의 검이 이전과는 달리 선명한 검기를 품었다.

그리고는 휙 몸을 날려 자신을 가로막는 그림자들을 향해 거칠게 검을 휘둘렀다.

깔끔하게 상하를 양단하던 이전과 달리, 팔다리가 마구 잘려 나가며 핏물이 사방으로 뿌려지는 동시 비처럼 쏟아져 내렸다.

그러나 누구 하나 비명을 지르지 않았다.

순식간에 죽어 나가는 동료들의 처참한 모습에도 전혀 동요하지 않고 필사적으로 모용기의 앞을 막아서는 모습이었다.

그러나 그들의 신세가 바람 앞의 등불인 것은 변함이 없었다.

모용기의 검이 번쩍번쩍 검기를 뿜을 때마다 하나씩 착실하게 수가 줄어들었다.

마지막 하나마저 어렵지 않게 처리한 모용기가 위일청과 조문홍이 사라진 자리를 노려보며 이를 갈았다.

"제길!"

사방으로 핏물이 뿌려지고 육신의 파편이 흩어져있는 처참한 모습에 할 말을 잃고 있던 임무일이 뒤늦게 모용기에게 다가섰다.

"너······."

"어? 뭐야?"

흡사 피분수를 뒤집어쓴 듯 온몸을 새빨갛게 물들인 모용기가 뒤돌아보자 임무일이 흠칫 몸을 떨었다.

그러나 이내 얼굴을 펴며 목소리를 냈다.

"너 어떻게 된 거야? 네가 어떻게……."

그러나 모용기는 고개를 저었다.

그보다 우선해야 할 것이 있었기 때문이다.

"너희들이 다야? 다른 사람은 없고?"

모용기의 말뜻을 알아들은 임무일이 고개를 저었다.

"우리만 왔다. 더는 없어."

그 때 여전히 해약을 찾으며 바닥을 어지럽히고 있던 정주형이 고개를 들며 임무일을 쳐다봤다.

"검각도 있잖아. 아까 그 여자들이 아니었으면 우리 진짜 죽었다고."

정주형의 말에 모용기가 고개를 갸웃거렸다.

"검각?"

"이 오빠는 대체 어디까지 간 거야? 벌써 한참은 움직였는데……."

철소화가 입술을 삐죽거렸다.

오광의 등에 업혀 있던 하유선이 말했다.

"상단이 아침부터 움직였으니까 그걸 따라잡으려면 한참은 움직여야 할 거야."

"됐거든? 너한테 물어본 적 없거든?"

철소화의 목소리엔 여전히 독이 올라 있었다.

아직은 한참의 시간이 더 필요할 것 같았다.

하유선이 나직이 한숨을 내쉬는데, 한 걸음 뒤처져서 따라오던 담설이 귀를 쫑긋거렸다.

"응?"

발을 멈추며 어딘가로 시선을 보내는 담설의 모습에 철소화가 고개를 갸웃거렸다.

"그러니까…… 언니 맞지? 언니, 왜 그래? 무슨 일이야?"

하유선을 대할 때와는 전혀 다른 살가운 목소리.

입술을 꼭 깨무는 하유선을 모른 체하며 담설이 철소화를 쳐다봤다.

"누가 싸우는 것 같은데요?"

"어? 뭐라고?"

담설의 말에 철소화가 눈을 동그랗게 뜨며 조희진에게로 시선을 돌렸으나, 그녀 역시 자신과 같은 반응이었다.

눈을 동그랗게 뜨고 있는 조희진과 시선을 맞춘 채 눈을 깜빡거리던 철소화가 다시 담설을 쳐다봤다.

"아, 아니 그러니까…… 지금 누가 싸우고 있다고?"

"예."

"그게 들려? 나나 희진 언니도 못 듣고 있는데?"

철소화 자신은 그렇다 쳐도 자신보다 한참이나 더 감각이 예민한 조희진이다.

자신들의 나이와 엇비슷해 보이는 담설이 들은 것을 조희진이 못 들을 리는 없다고 생각했다.

철소화가 재차 질문했다.

"진짜? 진짜 누가 싸우는 거야? 그거 혹시 기아 오빠야?"

철소화의 질문에 담설이 미간을 좁혔다.

아무리 귀를 기울여도 모용기의 흔적은 아닌 것 같았기 때문이다.

"그건 아닌 것 같은데……."

"그럼? 그럼 누가 싸우는데?"

"글쎄요. 여자들인 것 같은데……."

"여자들?"

철소화가 고개를 갸웃거리며 조희진을 쳐다봤다.

그러나 조희진 역시 어깨를 들썩일 뿐이다.

그 때 그녀의 등 뒤에서 오광의 목소리가 들려왔다.

"이럴 게 아니고, 혹시 안 소저일 수 있으니 일단 가 보시지요. 그게 아니더라도 임 공자들의 행방을 알 수도 있지 않겠습니까?"

군이 돌아보지 않고도 목소리의 주인이 누군지를 알아챈 철소화가 미간을 좁혔다.

하유선이나 하수란만큼은 아니었지만, 오광 역시 싫은 것은 마찬가지였던 게다.

그뿐만이 아니라 신무문 전체가 꼴도 보기 싫을 정도였다.

그러나 철소화는 오광의 말을 쉽게 흘리지 못했다.

자신을 물끄러미 쳐다보는 철소화의 시선에 조희진이 고개를 끄덕였다.

"일단 가서 무슨 일인지 알아보자. 어차피 이대로는 기아를 따라잡기도 어려울 테니까."

"그럴까?"

철소화가 솔깃한 얼굴을 하더니 냉큼 담설을 돌아봤다.

"언니, 어느 쪽이야?"

담설은 별다른 대꾸 없이 훌쩍 몸을 날렸다.

철소화가 조희진과 보조를 맞추며 재빠르게 담설의 뒤를 따라붙었다.

혹시나 싶어 힐끔 뒤를 돌아보자 하유선을 등에 업은 오광 역시 뒤처지지 않으려 열심히 발을 놀리고 있었다.

철소화가 살짝 눈살을 찌푸릴 때. 조희진의 목소리가 그녀를 찾았다.

"소화야."

"어? 왜?"

"아무래도 저 아가씨 말이 맞는 것 같다. 병장기 소리야.

긴장해."

그리고는 이제껏 철소화와 보조를 맞추던 것에서 한 걸음 앞으로 나서는 조희진이었다.

그와 동시에 담설이 조금씩 느려지더니 한순간 움직임을 멈췄다.

조희진이 덩달아 긴장하며 자신의 검을 뽑아 들었다.

오래지 않아 요란한 병장기 소리와 함께 여인들의 욕설이 난무하는 소리가 들려왔다.

눈을 가늘게 뜨며 한창 싸움에 열중하는 여인들을 쳐다보던 조희진이 한순간 당황한 얼굴을 했다.

"어? 이, 이건……."

조희진의 뒤를 따르던 철소화가 그녀의 어깨 너머로 고개를 쏙 내밀었다.

"왜? 무슨 일인데?"

그러나 철소화가 상황을 파악하기도 전에 조희진이 이를 아드득 갈더니 휙 몸을 날렸다.

"이 마녀! 죽인다!"

정신없이 검을 놀리는 와중에도 검옥련은 씹어 먹을 듯한 눈빛으로 월향을 노려보며 소리쳤다.

"은주령 이년! 당장 무릎을 꿇지 못하겠느냐?"

반면 월향의 얼굴에는 이전보다 여유가 넘쳤다.

어느 틈에 검옥련과 금소소의 검에 적응을 마친 것이다.

그에 발끈했는지 두 사람이 월향의 혜실거리는 얼굴로 검을 찔러 넣었다.

월향이 물결치듯 휘어지며 검옥련과 금소소가 뻗어 낸 검 사이로 파고들었다.

부드럽게 곡선을 그리며 자신을 향하는 월향의 검 끝에 금소소가 헛바람을 들이켜며 급하게 물러섰다.

"헛!"

직후 금소소의 얼굴에 낭패감이 자리했다.

완벽하게 서로를 보조하는 것처럼 보이던 두 개의 검 사이에 틈이 생겨난 것이다.

그것을 놓칠 월향이 아니었다.

그녀가 노리고 있던 순간이었기 때문이다.

월향이 눈을 반짝이더니 금소소를 향하던 검을 휙 틀었다.

그리고는 한 박자 느리게 자신을 노리던 검옥련의 검을 뱀처럼 휘감아 들었다.

"어?"

검옥련과 시선을 맞춘 월향의 눈매가 휘어졌다.

"사매, 그래도 이년 저년은 아니지 않아? 내가 나이도 많고 한때는 한솥밥을 먹던 정도 있는데."

검옥련이 얼굴을 와락 구겼다.

"이 씹어 먹어도 시원찮을 년이!"

월향의 검을 단숨에 조각내 버릴 듯 검옥련의 검에서 검기가 치솟아 올랐다.

그러나 그와 동시에 월향의 검에도 검기가 맺혔다.

쾅!

서로 섞일 수 없는 두 개의 기운이 마주하자 별다른 충돌이 없더라도 큰 폭음이 일었다.

상대적으로 내력이 약했던 검옥련이 몸을 크게 들썩였다.

"윽!"

검옥련의 얼굴이 단번에 하얗게 질려 버렸다.

그리고 입가를 따라 핏물이 주르륵 흘러내렸다.

검옥련의 위기를 본 금소소가 재빨리 검을 찔렀다.

"물러서라!"

어느새 금소소의 검 역시 새파란 검기를 머금으며 월향을 위협했다.

그러나 월향은 여전히 헤실거리는 얼굴로 자신의 검을 잡아당겼다.

검옥련의 검이 월향의 힘을 감당하지 못하고 쭉 끌려나왔다.

"이런!"

"어?"

세 개의 검이 마주하려는 순간, 월향의 검이 스르륵 흐르는 것처럼 검옥련의 검을 옥죄고 있던 족쇄를 풀어 버렸다.

쾅!

"윽!"

"악!"

검옥련과 금소소가 동시에 비틀거리며 두어 걸음 물러섰다.

그것으로 둘의 합격이 완전히 깨져 버렸다.

월향의 두 눈이 번들거리며 살기가 돌았다.

월향이 툭 바닥을 찍으며 단번에 금소소와 거리를 좁혔다.

'일단 하나는 무조건 잡고.'

그러려면 좀 더 약한 쪽을 노리는 것이 낫다.

급격히 거리를 좁히는 월향의 검 끝에 금소소의 얼굴이 시꺼멓게 죽어 갔다.

"어? 어?"

"사매!"

검옥련이 내장이 뒤흔들리는 충격을 억지로 버텨 내며 월향을 향해 몸을 날렸다.

그러나 검옥련의 검이 조금 더 짧았다.

월향의 연검이 당황에 빠져 미처 대응하지 못하고 있는 금소소를 스쳐 지나가려는 순간.

"이 마녀! 죽인다!"

금소소의 뒤에서 새파란 검기가 불쑥 튀어나오며 월향을 노렸다.

"어?"

의외의 상황에 월향이 눈을 동그랗게 뜨며 급하게 검을 들었다.

쾅!

"큭!"

예상치 못한 일격에 월향이 주르륵 밀려났다.

그러나 무작정 조희진의 힘에 몸을 맡길 월향이 아니었다.

검옥련의 날카로운 검기가 아래를 훑으며 다가오자 주르륵 밀려나던 월향이 한순간 바닥을 쿡 찍으며 뒤로 크게 재주를 넘었다.

검옥련은 뒤로 물러서는 월향을 쫓기보다는 금소소를 살피는 것을 선택했다.

"사매 괜찮아?"

"예, 저는 괜찮습니다. 그보다 사저는……."

얼굴만 보면 금소소 자신보다 더 심각해 보이는 것이 검옥련이었다.

입가를 따라 흘러내리는 핏줄기가 더 굵어진 것은 그것이 단순한 짐작이 아니라는 것을 증명해 주고 있었다.

그러나 검옥련은 고개를 저었다.

"난 괜찮다."

그리고는 월향을 노려보며 여전히 검기가 넘실거리는 검을 치켜세웠다.

"이년! 오늘은 반드시 끝을 보자!"

그러나 월향은 이미 둘에게서는 관심을 잃어버렸다.

대신 조희진에게서 시선을 떼지 않으며 고개를 갸웃거렸다.

"우리 어디서 본 적이 있나? 어째 얼굴이 낯익은데……"

조희진이 이를 빠드득 가더니 불쑥 몸을 날렸다.

"지옥에 가서 생각해 봐!"

조희진의 검기가 단숨에 거리를 좁혔다.

속도만 놓고 보면 검옥련이나 금소소보다 더 위협적일 정도였다.

그러나 월향은 가소롭다는 듯이 코웃음을 쳤다.

"흥!"

월향이 어느새 고개를 빳빳하게 치켜들고 있는 자신의 연검을 아무렇게나 후려쳤다.

쾅!

"윽!"

조희진의 신형이 휙 돌아가며 한쪽으로 튕겨져 나갔다.

제법 충격이 있을 터임에도 용케 균형을 잃지 않고 두 발로 바닥을 딛는 조희진이었다.

평상시라면 튕겨져 나가는 조희진의 뒤를 따라 끝을 볼 월향이었지만 이번만은 그 생각을 접어 둘 수밖에 없었다.

툭툭 떨어지듯 모습을 드러내더니 조희진의 부위를 두르는 네 개의 신형.

그리고 아직까지도 자신을 씹어 먹을 듯이 노려보고 있는 검옥련과 금소소.

월향이 검옥련과 금소소를 쳐다보며 말했다.

"운이 좋아."

그리고는 망설임 없이 훌쩍 몸을 날렸다.

월향의 움직임에 검옥련과 금소소보다 오히려 조희진이 먼저 반응했다.

"거기 서지 못해!"

그리고 자신의 왼팔에 실리는 묵직한 무게감.

"누가!"

조희진이 얼굴을 와락 구기며 돌아보자 그녀의 왼팔에 매달린 철소화가 급하게 말했다.

"언니, 진정해. 일단 진정하고……"

"싫어! 이거 놓지 못해!"

조희진이 거칠게 팔을 휘둘렀다.

철소화가 조희진의 팔에 매달린 채 힘없이 흔들거렸다.

"이거 놔! 놓으라고! 저 마녀는 죽여야 한다고!"

어느 틈에 눈빛마저 새빨갛게 달아오른 조희진이었다.

조희진의 움직임이 더 거칠어졌다. 그럴수록 철소화 역시 필사적이었다.

하유선이 당황한 얼굴로 오광을 찾았다.

"초, 총관. 일단 말려야……."

오광이 고개를 끄덕였다.

그리고는 한 걸음 앞으로 나서며 조희진을 향해 손을 쓸 준비를 하는데, 담설이 그보다 먼저 움직였다.

스르륵 기척을 죽인 채 조희진의 뒤를 잡은 담설이 한순간 크게 손을 들더니 강하게 내리쳤다.

퍽!

"윽!"

사나운 기세를 흘리던 조희진이 단번에 무너졌다.

그와 동시에 의지할 힘을 잃은 철소화 역시 바닥을 굴렀다.

쿵!

"악!"

하필이면 흙바닥에 정면으로 얼굴을 찍었다.

철소화가 제 얼굴을 감싸 쥐고 바닥을 데굴데굴 굴렀다.

"아! 아얏! 어? 피! 피! 코피!"

담설이 한숨을 내쉬며 철소화에게 다가서려다 한순간 흠칫 몸을 떨었다.

"어?"

앞선 경험으로 그것이 무엇을 의미하는지 잘 알고 있던 하유선이 당황한 얼굴을 했다.

"어? 또 적?"

그와 동시에 불쑥 모습을 드러내는 몇 개의 그림자.

"누, 누구…… 어라?"

덜컥 심장이 가라앉는 느낌에 얼굴이 하얗게 질려 가던 하유선이 한순간 눈을 동그랗게 떴다.

그리고 그 전면에 선 모용기가 주위를 휙 둘러보더니 얼굴을 구겼다.

"그 할망구 어디 있어? 놓쳤어?"

조희진이 눈을 뜬 것은 시간이 그리 오래 지나지 않은 시점이었다.

"어? 여긴……."

잠시 상황을 파악하려 어리둥절한 눈을 하던 조희진이 이내 자리에서 벌떡 일어서며 빠르게 주위를 살폈다.

"그 마녀! 은주령 어디 있어?"

주위가 붉게 물든다는 착각이 들 만큼 짙은 살기를 흘리는 조희진이었다.

철소화가 몸이 저릿저릿한 것을 억지로 참아 내며 조희

진에게 다가갔다.

"언니, 그만해. 이미 도망갔어."

"도망? 어디로? 어느 쪽으로 갔는데?"

여전히 포기하지 않은 눈이다.

철소화가 난감하다는 눈으로 모용기를 찾았다.

모용기가 얼굴을 찡그렸다.

"왜 날 봐? 무일이나 주형이도 있는데?"

"오빠가 제일 세잖아. 다른 오빠들은 감당 못 해."

"뭔 소리야? 다른 애들이 왜?"

그리고는 주위를 휘휘 둘러보는 모용기.

그러나 임무일 등은 조용히 모용기의 시선을 피했다.

"사내새끼들이 고작 여자애 하나한테 겁먹어 가지고."

정주형이 어깨를 들썩였다.

"여자는 무슨. 쟤 눈 돌아가면 진짜 무섭다고. 진짜 죽자고 싸운다니까? 그건 싫다고."

"에라, 자식들아. 잘났다, 잘났어."

그리고는 어쩔 수 없다는 듯이 결국 앞으로 나서는데, 조희진은 여전히 살기를 지우지 않고 오히려 모용기에게 날을 세웠다.

"그년 어디 갔어? 넌 알지? 당장 말하지 못해!"

조희진의 윽박지르는 듯한 목소리에 모용기가 얼굴을 찌푸렸다.

"이게 미쳤나? 정신 차리지……."

그러나 모용기의 말을 끊으며 금소소가 앞으로 나섰다.

여태껏 한껏 날을 세우던 조희진의 살기가 가라앉은 것은 바로 그 순간이었다.

"어?"

조희진이 당황한 얼굴로 주춤주춤 물러서려 했다.

금소소가 조금은 가라앉은 듯한 눈으로 조희진을 쳐다보며 말했다.

"어째 낯이 익다 했더니…… 너 희진이니?"

전혀 예상치 못하고 있던 이름.

월향이 사라진 자리를 쳐다보며 얼굴을 찌푸리고 있던 검옥련이 흠칫 몸을 떨었다.

"응? 누구?"

그리고는 조희진을 유심히 쳐다보는가 싶더니 눈을 빛냈다.

"이년! 그 마녀의 제자가 맞구나!"

"아, 아니 난……."

한층 더 당황한 얼굴로 물러서려는 조희진.

그 기색을 눈치 챈 철소화가 냉큼 그 앞을 막아섰다.

"지금 무슨 소리를 하는 거야? 우리 언니가 왜?"

그러나 검옥련은 철소화에게 눈길조차 주지 않았다.

검옥련이 늘어져 있던 자신의 검을 다시 들어 올렸다.

"십 년 전에는 운이 좋았지만, 이번에는 빠져나가지 못할 것이다."

날카로운 검날처럼 날을 세운 검옥련이었다.

방황하던 살기가 다시금 목표물을 겨냥했다.

검옥련의 살기를 고스란히 맞이한 철소화가 얼굴을 찡그렸다.

"이 할망구가 진짜! 아니라니까! 아니라고!"

철소화가 발악을 하듯 소리쳤다.

그러나 검옥련의 두 눈은 여전히 철소화 뒤에 자리한 조희진을 찾으며 번들거렸다.

그리고 검옥련이 한 발을 앞으로 내딛으려 할 때, 금소소가 그녀를 막아섰다.

"사저."

"비켜라."

"하지만 사저."

"비키라고 했다. 후환은 남기는 법이 아니다. 그때 그렇게 놓쳐서 계속 마음이 쓰였는데, 이제라도 기회가 온 것이 얼마나 다행이냐? 비켜라."

마치 오늘 끝을 볼 생각이라는 것처럼 단호한 음성의 검옥련.

그녀의 생각을 읽은 금소소가 한숨을 폭 내쉬었다.

그러나 여전히 검옥련의 앞을 막아선 채 길을 내 줄 생각은 없어 보였다.

"사저, 저 아이도 피해자일 뿐입니다. 그 마녀가 멸문시
킨 조가장의 유일한 핏줄이 저 아이라는 것을 잊으신 겁니
까?"

"잊지 않았다."

"그런데 어찌……."

"그러나 그 마녀와 오랜 시간 함께 지내며 정을 쌓은 것
도 사실이지."

"하지만 저 아이는……."

"저년이 무슨 생각을 하는지는 중요하지 않다. 중요한 건
후환이 될지도 모르는 싹은 미리 잘라 내야 한다는 것이지.
그러니 비켜라."

그와 동시에 검옥련이 자신의 검을 쑥 찔러 넣었다.

소름끼치도록 차갑게 느껴지는 예기가 불쑥 치고 들어오
자 금소소가 저도 모르게 검을 들었다.

쩡!

"윽!"

갖춰지지 않은 상태에서 검옥련의 검을 맞이한 금소소가
비틀거리며 물러섰다.

그 틈을 놓치지 않은 검옥련이 흐릿한 잔상을 남기며 단
번에 금소소를 지나쳤다.

"어? 사저!"

조희진의 앞을 막아선 철소화의 면전에 불쑥 솟아오르는 검옥련의 신형에 금소소의 목소리가 당황으로 가득했다.

다른 이들 역시 마찬가지였다.

검옥련이 막무가내로 움직일 것이라곤 전혀 예상하지 못한 바였기 때문이다.

"어?"

"뭐, 뭐야?"

"자, 잠깐……!"

정주형 등이 급하게 몸을 움직이려 했다.

그러나 거리가 제법이다.

검옥련이 한발 빨랐다.

단숨에 철소화와 거리를 좁힌 검옥련이 이전처럼 쑥 검을 찔러 넣었다.

검옥련의 검 끝이 시야를 어지럽히는 듯 웅웅거리며 흔들렸다

당황한 철소화가 급하게 자신의 검을 들었다.

"어? 자, 잠깐……!"

쩡!

"윽!"

금소소가 그랬던 것처럼 철소화 역시 비틀거리며 한 걸음 물러섰다.

그리고 이번에도 흐릿한 잔상을 남기며 철소화마저 지나

친 검옥련은 드디어 검 끝으로 조희진을 노렸다.

"어? 자, 잠깐……."

잔뜩 겁을 먹은 조희진의 얼굴에 마음이 흔들리는 것도 사실이다.

그러나 악연은 끝내야 했다.

검옥련이 입술을 꼭 깨물며 마음을 다잡았다.

그리고는 뻗어 나가는 검에 진기를 더했다.

새파란 검기가 단숨에 치솟아 오르며 혀를 날름거렸다.

파랗게 질린 얼굴의 조희진이 반항조차 하지 못하고 두 눈을 질끈 감는 순간.

서걱!

"미, 미친!'

정주형이 두 눈을 찢어져라 크게 떴다.

고민우 역시 저도 모르게 입을 벌렸다.

저마다의 표현 방식이 달랐을 뿐 넋이 나간 것은 안은희 와 혁련강 역시 마찬가지였다.

하유선과 오광 역시 상당히 놀란 듯 눈빛이 흐려져 있었 다.

그나마 정신을 놓지 않은 임무일이 모용기에게 다가서며 목소리를 냈다.

"미친놈."

"뭐가 또?"

"아니, 그렇잖아. 검기를 자른다고? 그게 제정신 가진 놈이 할 짓이야?"

새파란 검기가 조희진의 면전으로 치고 들어가는 순간 반으로 뚝 갈라지는 것을 제 눈으로 똑똑히 확인한 임무일이다. 수준에 이른 검기는 무엇으로도 잘라 낼 수 없다는 강호의 상식이 부서진 순간이었다.

그러나 모용기는 히죽 웃으며 자신의 검을 획획 휘두를 뿐이었다.

"아, 이거? 별거 아냐."

그리고는 두 눈을 동그랗게 뜨고 자신을 바라보는 조희진을 힐끔 쳐다본 그는 딱딱하게 굳어 있는 검옥련에게로 시선을 돌리며 얼굴을 긁었다.

"할망구, 죽고 싶어? 어따 대고 칼질이야?"

"어? 무, 무슨……!"

검옥련이 당황한 얼굴을 하더니 반토막이 난 자신의 검을 꼭 움켜쥔 채 주춤거렸다.

"할망구."

모용기가 건들거리며 한 걸음씩 다가섰다.

그리고 딱 그만큼 거리를 벌리는 검옥련이었다.

"어? 어? 자, 잠깐……."

"잠깐은 개뿔. 할망구는 누구 말 들어 먹었어? 이리 와.

167

내가 아주 자근자근 썰어 줄 테니까."

그리고는 여전히 건들거리며 거리를 좁히려는 모용기였다.

제법 관리를 잘하긴 했지만 검기조차 두르지 않은 싸구려 철검은 조금의 예기도 보이지 않았다.

그러나 그 무엇보다 더 위협적으로 다가왔다.

감히 대항할 엄두도 내지 못한 듯, 주춤거리기 바쁜 검옥련의 앞을 금소소가 재빨리 막아섰다.

"고; 공자! 잠시만……."

금소소의 선량해 보이는 얼굴이 다급함을 품자 누구라도 마음이 약해지려는 순간이었다.

그러나 모용기는 오히려 살기를 더해 갔다.

"그러고 보니까 아줌마도 있었지. 아줌마도 이리 와. 내가 썰어 버릴 거니까. 저 할망구 말대로 후환은 남기는 게 아니거든."

모용기의 까만 눈동자가 위험하게 번들거렸다.

그제야 정신을 차린 검옥련이 금소소를 잡아끌었다.

"어? 사, 사저……."

금소소를 제 뒤에 숨긴 검옥련이 모용기와 시선을 맞추며 이를 갈았다.

"넌 누구냐?"

"그건 알아서 뭐 하게? 왜? 복수라도 하려고? 넣어 둬. 그럴 기회 없어. 둘 다 죽일 거니까."

평온한 어조였지만 살기가 넘쳐났다.

모용기의 살기에 밀리지 않으려는 듯 검옥련이 피가 날 정도로 입술을 꼭 깨물었다.

자신을 향해 반토막 난 검을 들어 올리는 검옥련을 주시하며 모용기가 자신의 검을 들었다.

진심으로 끝을 볼 생각이었다.

그러나 자신의 옷깃을 잡아채는 손길에 모용기가 얼굴을 찌푸렸다.

"왜?"

모용기가 적을 앞에 두고도 한가롭게 고개를 돌렸다.

모용기의 시선이 틀어졌지만 여전히 딱딱하게 굳어 있는 검옥련을 힐끔 쳐다본 조희진이 조금은 떨리는 듯한 목소리로 말했다.

"그, 그만하라고요…… 이제 그만하고……."

"너 못 들었어? 너 죽이겠다잖아. 말만이 아니라 진심이었다고. 근데 그냥 두라고?"

"저, 전 괜찮으니까 그, 그만……."

여전히 주눅이 든 듯한 모습이었지만 처음보다 나아진 태도로 자신의 의사를 명확하게 전하는 조희진이었다.

그러나 모용기의 의사 역시 명확했다.

"안 되겠는데? 저 할망구 말대로 강호에서는 후환을 남기는 게 아니거든. 우리 얼굴 다 봤는데 이대로 보내 주면 검각이 가만있을 것 같아? 그 귀찮은 걸 내가 왜 해? 이 자리에서 깔끔하게 끝내면 되는데."

고개를 젓고는 검옥련과 금소소를 향해 다시 시선을 트는 모용기였다.

잠시 잠잠했던 살기가 다시금 훅 뻗어 나오는 순간이었다.

그와 동시에 주춤거리는 금소소의 모습에 조희진이 다급한 얼굴로 철소화를 찾았다.

그 눈빛을 받은 철소화가 잠깐 망설이는 얼굴을 하더니 결국은 한숨을 푹 내쉬며 모용기를 막아섰다.

"오빠."

"막을 생각이면 넣어 둬. 여기서 정리하고 가는 게 나는 물론이고 희진이나 너네한테도 좋을 테니까."

"아니 그게 아니고……."

"그게 아니긴 뭐가 그게 아니야? 저거 살려 둬서 어떻게 하겠다고? 검각이 뒤끝 끝내주는 거 몰라서 그래? 엄청 귀찮게 할걸?"

모용기의 말에도 일리가 있었다.

철소화가 모용기의 뒤에 선 조희진을 힐끔 쳐다봤다.

철소화의 눈길을 받은 조희진이 재빨리 고개를 저었다.

철소화가 쩝 하고 입맛을 다시더니 다시금 모용기를 쳐다봤다.

"오빠, 그만하자. 어차피 검각은 나서지도 못해."

모용기가 얼굴을 찡그리며 철소화를 내려다봤다.

철소화가 어깨를 들썩이며 말을 이었다.

"검각이 나서면 패천성이 밟아 버릴 거거든. 우리 아빠한테 말해 둘게. 귀찮게 하면 싹 지워 버리라고."

철소화의 말에 검옥련과 금소소가 눈을 동그랗게 떴다.

"어?"

"무, 무슨……."

철소화가 헤실거리는 얼굴로 둘을 돌아봤다.

"우리 아빠가 패천성주거든."

여전히 어두컴컴한 시각.

이름 모를 야산에 불빛이 생겨났다.

모닥불 주위에 자리 잡은 담설이 정주형의 상처를 살피는 가운데 안은희가 걱정이 가득한 얼굴로 정주형을 쳐다보고 있었다.

지혈을 제대로 한 것인지 더 이상 피가 흐르지는 않았지만, 상처 주위는 유난히 퉁퉁 부어 있었다.

얼굴에도 푸르스름한 빛이 돌았다.

"괜찮아? 그러게 왜 독을 뿌려서……."

"난 뭐 하고 싶어서 한 줄 알아? 급하니까 그런 거지."

평소처럼 툴툴거리는 목소리.

예전이라면 저 역시 날을 세웠을 안은희였지만 이번만큼
은 그런 기색을 보이지 않았다.

여전히 걱정스럽다는 얼굴로 담설의 손이 부지런하게 움
직이는 정주형의 어깨를 힐끔거리는데 모용기가 픽 웃으며
말했다.

"진짜 기사는 기사다. 어디 가서 말도 못할 정도로. 독곡
후계자가 독에 중독됐다고 하면 누가 믿어 주기나 하겠
어?"

모용기의 놀림에 정주형이 와락 얼굴을 구겼다.

"그러니까 급해서 그런 거라고! 누가 그러고 싶어서……
아! 아얏!"

따끔한 통증에 정주형이 흠칫 몸을 떨었다.

담설이 어깨를 들썩였다.

"그러니까 움직이지 말라니까요. 제법 많이 찢어져서 꿰
매야 한다고요."

그리고는 다시 부지런히 바느질을 이어 가는 담설이었
다.

마취도 제대로 하지 못해 바느질이 주는 고통을 고스란
히 느끼던 정주형이 울상을 했다.

"좀 살살……."

그러나 담설은 별다른 대꾸 없이 제 일만 묵묵히 해 나갔다.

그런 둘의 모습에 픽 웃음을 보이는 모용기를 쳐다보던 철소화가 그의 옆에 슬며시 엉덩이를 붙였다.

"저…… 오빠."

궁금한 것이 많았다.

철소화의 두 눈에 호기심이 가득했다.

그러나 모용기는 휙 시선을 돌려 버렸다.

무시당했다는 생각에 철소화가 얼굴을 찌푸리는 순간, 툭툭 하는 기척이 들리더니 잠시 자리를 비웠던 임무일과 혁련강이 모습을 드러냈다.

모용기가 손을 들었다.

"갔던 일은 잘됐고?"

모용기의 질문에 임무일이 한숨을 푹 내쉬었다.

모용기가 고개를 갸웃거렸다.

"왜? 못 잡았어? 걔도 튀었어?"

모용기의 질문에 임무일은 여전히 한숨을 내쉬며 고개만 저을 뿐이었다.

모용기의 의문이 점점 더 짙어질 무렵, 혁련강이 한 걸음 앞으로 나서며 임무일을 대신해 그 의문을 풀어 줬다.

"가 보니까 죽었더군."

"죽었어? 누가? 임진일?"

혁련강이 딱딱한 얼굴로 고개를 끄덕였다.

모용기가 얼굴을 찌푸렸다.

"꼬리 자르기……."

쉽게 메울 수 있는 부분은 미련 없이 잘라 내며 자신을 감추는 것이다.

어떻게 할까 잠깐 고민을 하던 모용기가 이내 고개를 젓고 말았다.

자신이 떠안아야 할 것이 아니다.

고민은 임무일의 몫이었다.

모용기가 임무일을 쳐다봤다.

"이제 어쩔 거냐?"

모용기의 질문에 임무일이 제 생각을 쏟아 냈다.

"아무래도 본단으로 돌아가야 할 것 같다. 작은아버지가 연관이 되었는지 아닌지는 잘 모르겠지만, 일단 경계는 해야 할 것 같아서."

모용기가 고개를 끄덕였다.

그것이 정답이었기 때문이다.

지금은 모든 것을 의심하며 조심할 때였다.

그러나 담설의 생각은 다른 것 같았다.

정주형의 어깨를 꿰매던 것을 잠시 멈춘 담설이 임무일을 쳐다봤다.

"이대로 그냥 가시게요?"

임무일이 의아하다는 눈으로 담설을 쳐다봤다.

이제껏 아무런 말도 없던 담설이 자신과는 상관없는 일에 끼어들었다 여겼기 때문이다.

"아무래도 그래야 할 것 같은데…… 무슨 문제라도 있소?"

"아니, 그렇잖아요. 철무한 공자가 위험한데 그냥 돌아간다는 게."

그 순간 모용기가 자리에서 벌떡 일어섰다.

"야! 너 지금 무슨 말을……!"

그러나 한발 늦었다.

모두가 눈을 동그랗게 뜨고 모용기를 쳐다봤다.

집중된 시선에 모용기가 난감한 얼굴을 하고 있는데 철소화가 먼저 목소리를 냈다.

"오빠, 무슨 말이야? 우리 오빠가 왜 위험해?"

참룡
회귀록

斬龍回歸錄

68 章.

어떻게든 떼어 보려 했지만 철소화 등은 기를 쓰고 달라
붙었다.

몰래 도망갈까 생각해 보기도 했지만, 그조차도 여의치
않았다.

모용기의 생각을 읽은 철소화가 자신들만이라도 정무맹
으로 갈 것이라며 으름장을 놨기 때문이다.

덕지덕지 달라붙은 짐 덩어리들을 답답하다는 얼굴로 쳐
다보던 모용기가 문득 담설에게로 시선을 돌렸다.

정작 이 사단을 만든 담설은 아무것도 모른다는 듯 순진
한 눈을 하고 있었다.

그러나 지난 2년간의 경험을 떠올리며 담설의 초롱초롱

한 눈망울에 쉽사리 넘어가지 않은 모용기였다.

그가 얼굴을 찌푸리며 말했다.

"대체 무슨 생각이야? 저 녀석들 데려가서 어쩌자고?"

모용기의 시선을 받은 담설의 눈매가 곱게 휘어졌다.

"한 사람이라도 아쉬운 시점이잖아요. 오라버니 혼자 정무맹 일을 어떻게 해결해요? 다른 사람들 손도 빌려야……."

"헛소리하지 말고. 도움이 되기는커녕 일만 더 커진다는 걸 몰라서 그래? 쟤네들 잘못되면 패천성에서 잘도 가만히 있겠다. 그땐 정말 정사대전이라고. 너 혹시……."

모용기가 한순간 눈을 가늘게 뜨며 담설을 노려봤다.

"너 혹시 간자야? 정무맹이랑 패천성 이간질이라도 할 생각인 거야?"

한껏 의심을 담은 눈빛으로 바라보는 모용기였으나, 담설은 핏 웃음을 보이는 것으로 흘려버리고 말았다.

그럴 리가 없다는 것을 가장 잘 아는 이가 모용기였기 때문이다.

괜히 투정을 부리는 모용기를 귀엽다는 눈으로 쳐다보던 담설이 이내 빨간색으로 덧칠한 조그마한 입술을 움직이기 시작했다.

작은 오해라도 사절이기 때문이다.

"철 공자가 잘못돼도 정사대전은 기정사실이잖아요. 저

들이 더해진다 해서 달라질 건 없는 것 같은데."

"야, 무한이 놈 혼자라면 어떻게든 넘어갈 수 있는데, 저 녀석들까지 다 더해지면 빠져나가지도 못한다고. 패천성 애들이 정무맹에 대거 출현하면 정무맹 사람들이 어떻게 생각하겠어? 이건 전혀 다른 문제라고."

"제가 보기엔 다를 바 없는데요. 다른 생각을 하고 있는 게 아니라면, 애초에 철 공자도 모른 체 넘어가야죠. 아무 리 저쪽에서 옆구리 찔렀다고 해도요. 오라버니 생각과는 다르게 정무맹주가 단단히 작정한 거라고요."

담설의 말에 모용기는 더 이상 할 말을 찾지 못했다.

자신이 생각해도 진산은 정상이 아니었기 때문이다.

그러나 정주형 등이 따라붙는 것은 여전히 마음에 들지 않았다.

불만이 가득한 눈으로 정주형 등을 힐끔거리던 모용기는 그중에서도 가장 마음에 들지 않는 얼굴을 확인하고는 입 술을 삐죽거렸다.

"근데 저 아줌마는 뭐 더 얻어먹을 게 있다고 계속 따라 붙는데?"

한쪽에서 조금은 소외된 분위기를 보이는 금소소를 말함 이었다.

검옥련은 제자들을 이끌고 검각으로 돌아갔지만, 금소소 는 끝까지 남아 자신들을 따르고 있었다.

이따금씩 조희진을 힐끔거리는 것 외에는 별다른 존재감을 보이지 않는 그녀였지만, 괜히 불편했다.

담설이 금소소를 힐끔 쳐다보며 말했다.

"뭐 얻어먹을 거라도 있나 기대하는가 보죠. 월향이라는 할망구하고 원한이 깊은 것 같으니 기회가 되면 잘 구슬려 보세요. 검각이 함께하면 더 도움이 되지 않겠어요? 오라버니 말대로 고양이 손이라도 빌려야 하잖아요."

"그런가?"

모용기가 조금은 달라진 눈으로 금소소를 힐끔거렸다.

담설의 말대로 검각의 지원은 제법 도움이 될 터였기 때문이다.

'이럴 줄 알았으면 참을 걸 그랬나?'

검옥련과 금소소를 막 대했던 것이 조금 후회가 되는 시점이었다.

모용기가 금소소를 어떻게 설득할까 머리를 굴리다가 언뜻 떠오른 것이 없어 다시 담설에게 도움을 요청하려는데, 철소화가 다가오며 둘 사이에 끼어들었다.

철소화가 담설을 힐끔 쳐다보고는 모용기를 향해 말했다.

"오빠, 나랑 얘기 좀 해."

"넌 또 왜?"

"넌 또 왜가 아니고, 얘기 좀 하자고."

단단히 작정한 듯한 모습의 철소화였다.

더 이상 회피하기가 쉽지 않겠다 여긴 모용기가 담설을 향해 눈짓했다.

"난 얘랑 얘기 좀 할게."

담설이 고개를 끄덕이더니 말없이 멀어졌다.

철소화가 담설의 뒷모습을 물끄러미 쳐다보며 말했다.

"말이 없는 줄 알았더니, 오빠하고 있을 때는 또 안 그러네?"

철소화의 눈매가 조금은 가늘어지더니 모용기와 담설의 뒷모습을 번갈아 쳐다봤다.

모용기가 픽 웃으며 말했다.

"쟤가 낯을 좀 많이 가리거든."

"꼭 그 이유만 있는 건 아닌 것 같은데⋯⋯."

"됐고. 할 말이 뭔데?"

자신의 말을 끊는 모용기를 쳐다보며 철소화가 얼굴을 찌푸렸다.

고작 2년이란 시간이었지만 앳된 기색이 많이 빠진 철소화였다.

빵빵하던 젖살이 많이 사라지며 갸름한 턱 선이 모습을 드러내기 시작한 철소화는 만개하기 직전의 꽃봉오리 같은 느낌이었다.

다시 만난 이후 처음으로 철소화를 자세히 살핀 모용기

가 입을 헤벌렸다.

철소화가 제 얼굴을 손으로 더듬더듬 짚었다.

"왜? 왜 그렇게 보는데? 내 얼굴에 뭐 묻었어?"

"어. 뭐 묻었어. 예쁨."

모용기의 대꾸에 철소화가 얼굴을 와락 구겼다.

"이 오빠가 못 본 사이에 기름을 한 사발 들이켰나? 제정
신이야?"

그리고는 소름이 돋는다는 듯 부르르 몸을 떠는 철소화
였다.

모용기가 쩝 하고 입맛을 다시며 말했다.

"무한이는 이렇게 말하면 다 통하는 것 같던데⋯⋯."

"그건 우리 오빠니까 가능한 거고. 우리 오빠는 얼굴이
천재잖아. 그러니까 통하는 거지. 오빠는 하지 마. 알았어?"

얼굴을 찡그리며 고개를 끄덕이는 모용기.

그리고 조금 시간이 지난 후 다시 재잘거리기 시작하는
철소화였다.

그러나 처음의 심각했던 얼굴과는 달리, 그동안의 일상
들을 비롯해 별다를 것 없는 평범한 얘기들을 늘어놓았다.

모용기의 입장에서는 꽤나 지루한 얘기들이었다.

모용기는 그래, 그래 하며 적당히 맞장구를 쳤다.

그리고는 무슨 생각이 들었는지 한순간 침을 꿀꺽 삼켰
다.

'개봉 가면 의왕루 가야지. 거기 잉어 요리가 참······.'

듣기 싫은 얘기에는 다른 생각이 최고였다.

잔영의 보고를 받은 왕식이 얼굴을 찌푸렸다.

"그래서? 그 꼬맹이를 죽였다고?"

심기가 불편하다는 것이 그대로 묻어나긴 했지만 별다른 기세가 실리지 않은 평범한 목소리였다.

무공을 배우지 않은 일반인의 힘없는 목소리.

그러나 그런 왕식의 평범한 목소리에도 잔영은 심한 압박감을 느낀 것일까?

여느 때와 달리 복면을 두르지 않은 잔영의 맨 얼굴에 주눅이 잔뜩 들었다.

강호에서 흘러들어 온 다른 이들과는 달리, 애초에 관에서 성장한 잔영인지라 왕식의 자그마한 심기 변화에도 민감하게 반응한 탓이다.

왕식이 쯧 하고 혀를 차며 말했다.

"그럴 것 없어. 자네가 직접 손을 써야 했다면 어쩔 수 없었겠지."

여전히 불편한 기색이 담기긴 했지만 자신을 위로하는 듯한 말투였다.

그러나 잔영은 조금도 방심하지 않았다.

"일단 만금장에 있는 천화에게 연락해 놓았습니다. 제독께서 만금장에 들이신 공이 있는데, 그대로 포기할 수는 없어서……."

그리고 그것이 정답이었다.

왕식이 처음으로 만족스럽다는 듯 고개를 끄덕였다.

"그렇지. 만금장을 그대로 포기할 수는 없지. 거기에 쏟아부은 게 얼만데. 그런데 이번에 나선 것이 만금장의 후계라고 하지 않았나? 저쪽에서도 가만있지 않을 터인데."

"그래서 조심하라는 언질을 전해 두었습니다. 영리한 천화이니 자신이 어떻게 해야 할지는 잘 알고 있을 것입니다."

"신무문에서의 일이 틀어지고 천화는 영 쓸모가 없겠다 싶더니…… 자네였던가? 천화를 만금장에 침투시킬 생각을 한 것이?"

"그, 그렇습니다."

"좋아, 좋아. 아주 좋아. 일단 선은 끊어지지 않았으니 만금장은 일단 놔두기로 하고. 진아는 어떻게 하고 있나? 정무맹 쪽 일은 차질이 없는 것인가?"

"일단은 그렇습니다만……."

확신이 담기지 않은 듯한 잔영의 목소리.

왕식이 고개를 갸웃거렸다.

"왜? 무슨 문제라도 있나?"

"이번에 나타난 녀석이 아무래도 마음에 걸립니다."

"그 얘기는 나도 들었네. 낙류장의 두 노괴들이 힘도 써보지 못할 정도의 고수였다면서? 누군지는 모르고?"

"죄, 죄송하지만 그렇습니다."

먼 거리라 모용기를 제대로 확인하지 못한 잔영이었다.

잔영의 목소리가 잘게 떨려 나왔지만, 왕식은 고개를 갸웃거리기에 바빴다.

"하지만 패천성의 아이들을 도왔다면서? 정무맹과는 관계가 없는 것 아닌가?"

"언뜻 보기에는 그렇습니다만, 확신을 할 수가 없습니다. 그 정도의 고수는 움직이는 것 자체가 위협적이라서…… 혹시 정무맹에서 나타나기라도 하면 일이 틀어질 수도 있습니다."

잔영의 말에 왕식의 눈빛이 깊어졌다.

왕식이 잠깐 뜸을 들이더니 재차 질문했다.

"자네의 솔직한 생각을 듣고 싶네. 담재선으로도 무리인가?"

"확신할 수 없습니다."

그것으로 충분했다.

왕식이 고개를 끄덕이더니 잔영을 향해 손을 내저었다.

"자네는 그만 나가 보게."

"예? 하지만…… 아, 아니. 알겠습니다."

잔영이 무언가 의문을 표하려다가 이내 고개를 조아리더니 왕식의 집무실에서 물러섰다.

잔영의 기척이 완전히 사라지자 천장에서 흑의 인영이 툭 떨어져 내렸다.

"누군지는 모르겠지만 생각보다 더한 고수인 것 같습니다."

"그러게나 말일세. 담재선으로도 확신할 수 없을 정도면 꽤나 이름이 알려진 이일 텐데…… 생각나는 이름 없나?"

왕식의 질문에 흑의 인영이 고개를 저었다.

"몇몇 떠오르는 이름이 있긴 하나, 그들이 남경에 올 이유가 없으니까요."

"무공이 높으면 보통 괴팍하다면서? 혹시 변덕이라도……."

"그랬으면 강호가 벌써 시끌벅적해졌을 겁니다."

그 말에 고개를 끄덕이며 입을 다무는 왕식이었다.

그의 눈빛이 초점을 잡을 때까지 끈질기게 기다리던 흑의 인영은 조금 시간이 지난 후 왕식이 정신을 차리기 시작하자 비로소 목소리를 냈다.

"어떻게 하시겠습니까?"

"별수 있나? 조심할 수밖에. 가서 노도진을 불러오게."

왕식의 말에 흑의 인영이 흠칫 몸을 떨었다.

"하지만 그는……."

"괜찮으니까 가서 불러오게."

거듭된 왕식의 명령.

흑의 인영은 한동안 딱딱하게 얼굴을 굳힌 채 마지막으로 확인하듯 말했다.

"대장군이 두고만 보지 않을 수도 있습니다."

그러나 왕식은 픽 웃음을 보일 뿐이었다.

"그럴 리 없네."

"어떻게 그렇게 확신하십니까?"

"그거야…… 그 양반은 더 이상 관심도 없을 테니까."

아름다운 얼굴에 근심이 가득했다.

그리고 그 근심은 날이 어두워지고도 한참이나 더 늦은 시각이 되었음에도 좀처럼 걷어질 기미를 보이지 않았다.

승룡각으로 들어서던 철무한은 하루 종일 같은 자세로 난간에 걸터앉아 있는 제갈연을 확인하고는 그 뒤로 살금살금 다가갔다.

평소라면 제아무리 철무한이 기척을 죽여도 재깍 알아챌 제갈연이었지만, 지금은 그럴 여유가 없어 보였다.

그 틈을 타 원하던 곳까지 접근한 철무한이 제갈연의 면전에 불쑥 얼굴을 들이밀었다.

"무슨 생각을 그렇게 해?"

"어, 엄마야!"

제갈연이 크게 놀라며 자지러졌다.

그러나 오래지 않아 상대를 알아보고는 가슴을 쓸어내리
더니 철무한을 흘겨봤다.

"철 공자! 기척 좀!"

"기척은 무슨. 자기가 정신 놓고 있었으면서."

철무한이 픽 웃으며 제갈연의 옆자리에 걸터앉았다.

그와 동시에 훅 하고 풍겨 오는 술 냄새에 제갈연이 얼굴
을 찌푸렸다.

"또 술 드시고 오신 거예요?"

"어, 누가 좀 사 준다고 해서."

철무한이 어색하게 웃음을 보였다.

제갈연이 알 만하다는 얼굴로 고개를 끄덕였다.

또 어딘가의 여자이리라.

이제는 한소리를 하기도 지친다.

게다가 그보다는 자신의 일이 먼저였다.

남은 시간도 많지 않았다.

자신의 일에 골몰한 제갈연이 더 이상 관심을 보이지 않
자 철무한이 슬며시 입을 열었다.

"거, 되게 걱정이 되나 봐? 요 며칠 계속 그러고 있는 걸

보면."

제갈연이 씁쓸하게 웃음을 보였다.

"우리 아버님이 좀 무서우셔서……."

단순히 무섭다는 표현으로는 부족하다 여겼다.

제갈연이 보이는 반응은 그 정도가 아니었기 때문이다.

여전히 의문이 남았던 철무한이 재차 질문을 이어 가려 할 때, 불쑥 느껴지는 요란한 인기척.

철무한과 제갈연이 동시에 시선을 돌렸다.

"이거 무결이 같은데?"

"그러게요. 무결이가 아니면 이렇게 요란한 기척을 보일 이도 없으니."

제갈연의 대꾸에 고개를 끄덕인 철무한이 자리에서 일어섰다.

무슨 일인지 물어보기라도 할 요량이었다.

그러나 멀리서 모습을 드러낸 소무결은 근처에 다가오기도 전에 다급한 얼굴로 크게 소리쳤다.

"야, 얌마! 튀어!"

"방주님, 접니다."

제갈곡의 방문에 홍소천이 보고 있던 책자를 덮었다.

그리고는 딱딱하게 굳어진 목을 이리저리 움직이는가 싶더니 끙 하고 앓는 소리를 냈다.

"골방에만 틀어박혀 있으려니 죽겠군."

제갈곡이 공감이 간다는 얼굴로 소리 없이 웃음을 보였다.

홍소천이 얼굴을 찌푸렸다.

"실실 웃기는. 그보다 이 시간에 어쩐 일인가?"

"다른 게 아니고, 오대세가 문제 말입니다. 이제 닷새 후면 다들 도착하는지라……."

"벌써 그렇게 되었나? 깜빡하고 있었군."

하루하루가 정신이 없는 홍소천이다.

이런 일에 이골이 난 제갈곡이라면 모를까, 홍소천은 한 번씩 짚어 줄 필요가 있었다.

"아직은 익숙하지 않으시니까요. 그보다 어쩌시겠습니까? 아무래도 좋은 의도로 회합을 가지는 것은 아닌 것 같은데……."

오대세가의 가주들이 회합을 갖는 것이야 정기적으로 이루어졌으니 문제가 될 게 없었지만, 장소가 개봉이라는 것이 마음에 걸렸다.

원래 순번인 남궁세가의 봉문으로 다른 장소가 필요하긴 했으나, 그런 경우에는 다음 순번으로 넘어가는 것이 관례였다.

그것이 개봉일 이유가 하등 없었다.

무언가를 곰곰이 생각하던 홍소천이 문득 제갈곡을 쳐다 봤다.

"당가는 문제가 없겠고. 팽가와 언가는 여전히 감정이 좋 지 않고?"

"아무래도 기대를 접는 것이 좋을 것입니다."

"그럼 반반이란 말인데……."

남궁가주가 움직이지 않는 이상 반반의 싸움이라 생각했 다.

그러나 제갈곡은 곤란하다는 얼굴을 했다.

"그건 알 수 없는 일입니다."

"응? 그건 또 무슨 소린가?"

"저희 가주가 좀……."

"자네 가주? 언질을 주지 않은 것인가?"

"그건 아닙니다. 다만 도무지 무슨 생각을 하는지 알 수 가 없어서……."

제갈곡의 말에 홍소천이 얼굴을 찡그렸다.

그 말에 담긴 의미가 무엇인지를 어렵지 않게 알아차린 탓이다.

"저쪽에 붙은 건 아니겠지? 그건 곤란한데……."

"확실한 건 아니지만, 가능성은 열어 두는 것이 좋을 것 입니다."

일이 어렵게 돌아갔다.

홍소천이 한숨을 푹 내쉬었다.

"이럴 때 무당이라도 나서 주면 좋을 것인데 좀처럼 무당산 아래로 내려오려 하지 않으니…… 소림도 그렇고."

제법 우군을 확보했지만 아직은 세가 부족했다.

이럴 때 무당이나 소림이 나서 준다면 단번에 정세가 바뀔 테지만 좀처럼 움직이려 하지 않으니 답답했던 것이다.

홍소천이 고개를 절레절레 저었다.

"맹주 한번 갈아치우기 정말 힘들군."

"당연히 쉬운 일은 아니지요. 그래도 방주님은 지금까지 잘하시고……."

"됐고. 아무래도 오대세가 일은 자네가 주관하는 것이 좋겠네."

"제가 말입니까?"

"그래. 아무래도 오대세가 쪽에 밝은 자네가 나서는 것이 나보다는 나을 테니까. 그리고……."

"방주!"

그 순간 들려오는 다급한 목소리.

홍소천이 하던 말을 끊고 고개를 갸웃거렸다.

"이건 왕팔이 놈 목소린데…… 무슨 일이라도 생겼나?"

그리고 목소리만큼이나 다급한 얼굴의 왕팔이 우당탕 소리를 내며 요란하게 모습을 드러냈다.

홍소천이 얼굴을 찡그렸다.

"이놈아, 여기 군사도 함께 있는 것이 보이지 않더냐? 채신머리없기는. 그러니까 다들 거지는 예의가 없다고 욕하는 것 아니냐?"

"거지가 예의가 없는 건 당연한…… 아, 아니 이게 아니고. 방주! 큰일 났습니다!"

"이놈이 그래도! 일단 군사한테 인사부터……."

"지금 그럴 때가 아니라니까요! 진짜 큰일 났습니다! 무결이 이놈이 크게 사고를 쳐서……."

느닷없이 소무결의 이름이 튀어나오자 못마땅하다는 얼굴로 한 소리 더 하려던 홍소천이 의아하다는 얼굴을 하며 의문을 토해 냈다.

"무결이? 그놈이 왜?"

"그 왜 친구라고 데려온 비쩍 마른 고목나무 같은 놈 있지 않습니까?"

"그런 놈이 있었나?"

"예. 그런 놈이 있습니다. 그런데 그놈이 패천성의 철무한이랍니다, 철무한."

왕팔의 말에 홍소천이 자리를 박차고 벌떡 일어섰다.

"뭐, 뭐? 누구?"

"철무한이요, 철무한. 이걸 어쩌면 좋습니까? 저쪽에서 개떼처럼 들고 일어섰는데……."

"아니, 그놈이 왜 여기에…… 그보다 네놈은 뭐했어? 그런 일이 있으면 진즉에 말해 줬어야지!"

화살이 자신에게로 향하자 왕팔이 억울하다는 얼굴을 했다.

"제가 뭐 알고 그랬겠습니까? 그놈이 비쩍 마르는 바람에 너무 모습이 달라져서……."

"그래도 그렇지! 네놈이 처먹는 돈이 얼만데 그것 하나 못 잡아내? 밥값은 해야……."

그 때 제갈곡이 한 걸음 나서며 홍소천의 말을 끊었다.

"철무한이라면, 패천성의 소성주를 말하는 것입니까?"

자신을 향하는 제갈곡의 시선에 왕팔이 고개를 끄덕였다.

"그렇습니다. 패천성의 철가 놈이 맞습니다."

제갈곡이 황당하다는 얼굴을 했다.

"패천성의 소성주가 왜 여기에……."

그러나 홍소천은 제갈곡의 의문을 풀어 주는 것보다 자신의 엉덩이를 터는 것이 먼저였다.

"일단 가세. 가면서 얘기하세."

승룡각으로 일단의 무리가 들이닥쳤다.

그러나 한참을 뒤져도 원하는 것을 얻지 못한 서문경이 미간을 좁혔다.

"없다고?"

수하 하나가 곤란하다는 얼굴로 고개를 끄덕였다.

"그렇습니다. 아무리 찾아봐도……."

서문경이 시선을 돌렸다.

이내 그의 시선이 닿은 한 사람.

여느 때처럼 태연한 얼굴을 하고 있지만, 격렬하게 움직인 것이 오래되지 않았다는 것을 증명하듯이 목덜미에 물기가 송골송골 맺혀 있는 소무결을 노려보며 서문경이 입을 열었다.

"그놈 어디 있나?"

소무결이 어리둥절한 얼굴을 했다.

"그놈이라니요?"

"지금 그걸 몰라서 그러는 것이냐? 패천성의 철무한! 지금 그놈이 어디에 있냐고 물었다!"

서문경의 말에 소무결이 화들짝 놀란 얼굴을 했다.

"패천성의 철무한이라니요? 그놈을 왜 여기서…… 아니, 그보다 그 자식이 정무맹에 나타났다는 말입니까? 그게 사실입니까?"

여전히 아무것도 모른다는 얼굴.

항상 선해 보이는 얼굴을 하고 다니던 서문경이 와락 얼굴을 구겼다.

"이놈이 끝까지! 네놈이 진정 경을 치고 싶은 것이더냐?"

"아니 갑자기 들이닥쳐서는…… 대체 철무한 그놈을 왜 여기서 찾으시는 겁니까? 그놈이 여기가 어디라고 나타난단 말입니까?"

소무결이 억울하다는 얼굴을 했다.

그럴수록 서문경의 얼굴은 점점 더 구겨져 갔다.

그리고 서문경이 한 번 더 목소리를 높이려는 찰나.

여태껏 멀뚱멀뚱 지켜보고만 있던 운현이 기분이 나쁘다는 얼굴로 끼어들었다.

"그러니까 지금 서문 장로님 말씀은 우리가 패천성과 내통이라도 하고 있다, 뭐 그런 말입니까?"

운현의 말에 천영영이 움찔 몸을 떨었다.

"야, 너까지 왜……."

"아니 그렇잖아. 지금 대놓고 우리를 의심하는 건데, 넌 기분이 안 나빠? 대체 우리가 뭘 잘못했다고 이딴 의심을 받아야 해?"

운현만이 아니었다.

당소문과 명진 역시 표정이 좋지 않았다.

제갈연은 그들과 달리 자신의 속내를 드러내지 않았지만, 그녀 역시 좋은 기분이 아니라는 것은 어렵지 않게 알아챌 수 있었다.

서문경이 그들을 돌아보며 이를 갈았다.

"이놈들이 감히 누구 앞에서⋯⋯!"

여차하면 손이라도 쓰겠다는 듯이 빠지직 기파가 피어올랐다.

그 때, 여태껏 가만히 보고만 있던 팽도명이 한 걸음 앞으로 나서며 손을 들어 서문경을 제지했다.

"서문 장로, 참으십시오."

"하지만 이놈들이⋯⋯."

"제가 말해 보겠습니다. 일단은 참으십시오."

서문경을 물러서게 한 팽도명이 한쪽 구석에 서 있는, 다른 이들과는 달리 조금은 안절부절못하는 얼굴의 석대림을 손가락으로 가리키며 말했다.

"왜 저놈 혼자 있는 것이지? 분명 둘이라 들었는데."

팽도명의 물음에 소무결이 냉큼 대꾸했다.

"아, 걔는 집에 갔어요."

"집에를 가?"

"예. 집에 갔어요. 집에 바쁜 일이 있다고."

팽도명이 얼굴을 찡그렸다.

"계속 그런 말장난을 할 것이냐? 그 뒷감당을 어떻게 하려고 그러는 것이지?"

소무결이 역시 답답하다는 듯이 한숨을 푹 내쉬었다.

"아니, 뒷감당하고 말고 할 것이 뭐 있다고⋯⋯ 갑자기 왜 이러시는 건지 영문을 모르겠습니다."

그러나 여전히 포기하지 않은 팽도명이 재차 말을 이어가려 할 때, 이번에는 서문경이 다시 앞으로 나섰다.

"팽 장로, 그만 되었소."

"하지만……."

"일단 잡아 놓고 얘기를 들어 봅시다. 저놈들이 어디까지 버티는지 제법 궁금하군요."

그리고는 뒤의 무사들을 쳐다보더니 소무결 등을 향해 고개를 까딱거렸다.

"잡아. 한 놈도 놓치지 마."

서문경의 말이 떨어지기가 무섭게 무사들이 스르렁 자신의 검을 빼어 들었다.

운현이 얼굴을 와락 구겼다.

"보자 보자 하니까, 우리가 우습게 보인다 이거죠? 어디 한번 진심으로 해볼까요?"

운현이 제법 기세를 세웠다.

그러나 서문경은 가소롭다는 얼굴로 픽 웃음을 보이고 말았다.

팽도명 역시 팔짱을 낀 채 별다른 반응을 보이지 않았다.

아직은 그들을 어리게만 보는 탓이다.

당소문이 앞으로 나선 운현의 등을 물끄러미 쳐다보다가 명진을 돌아봤다.

"어쩌지?"

명진이 어깨를 들썩였다.

"별수 있나? 다 때려잡아야지."

좁은 공간에 빽빽이 들어찬 서른이 넘는 무사들을 보고도 전혀 긴장한 얼굴이 아니었다.

당소문이 나직하게 한숨을 내쉬며 말했다.

"맹이 시끄러워지겠군."

그러면서 암기를 꺼내 드는 것을 잊지 않은 당소문이다.

그러나 그 암기는 아직 쓰일 때가 아니었다.

승룡각을 뒤흔드는 쩌렁쩌렁한 목소리.

"멈춰라!"

내력을 잔뜩 머금은 탓에 귓전을 웅웅 울리게 했지만 소무결은 오히려 반색을 했다.

"사부님!"

서문경과 팽도명을 물러서게 한 홍소천이 소무결을 돌아보며 얼굴을 구겼다.

"이 빌어먹을 놈이!"

딱!

"아, 아얏!"

소무결이 제 이마를 부여잡고 주춤주춤 물러섰다.

여전히 통증이 남아 있는 이마를 문지르며 소무결이 억울하다는 얼굴로 홍소천을 쳐다봤다.

"왜 이러시는데요?"

"몰라서 물어? 그놈 어디 있냐? 그놈 당장 불러와라."

"서문 장로도 그렇고 사부님도 그렇고, 대체 누굴 그렇게 찾으시는 겁니까?"

"이놈의 자식이 끝까지! 당장 끌고 오지 못해?"

"그러니까 집에 갔다고요! 집에 갔다는데 왜 자꾸 그러세요?"

"이놈 시키가!"

더 화를 참지 못한 홍소천이 일장을 획 내밀었다.

가볍게 떨친 것처럼 보여도 제법 내력이 실렸다.

소무결이 화들짝 놀라며 몸을 틀었다.

"아 진짜! 말로 하세요, 말로! 걸핏하면 손부터 나오고!"

그러나 홍소천은 두 눈을 가늘게 떴다.

"지금 그걸 피했어?"

"그럼 피하지 맞고 있어요? 내력도 잔뜩 실어 놓고는! 그거 맞고 열흘은 누워 있으라고요?"

"이놈 시키가 지금 그걸 말이라고! 오냐, 그럼 이것도 피해 보거라. 못 피하면 한 달은 족히 누워 있어야 할 게다."

홍소천이 훌쩍 몸을 날렸다.

홍소천의 신형이 어지럽게 움직이며 취팔선보의 네 번째, 다섯 번째 신선을 불러냈다.

소무결이 기겁을 하며 물러섰다.

"사, 사부! 내, 내가 잘못…… 으허헉!"

그러면서도 자신 역시 네 개의 신선을 불러내는 소무결이었다.

장내를 가득 메우는 신선들을 넋이 나간 얼굴로 쳐다보고 있던 제갈곡이 이내 고개를 저어 정신을 차렸다.

그리고는 제갈연을 향해 손짓을 했다.

"너는 나를 따라오너라."

물어볼 것이 많았다.

제갈곡이 제갈연과 모습을 감추고, 여전히 장내를 가득 메우는 홍소천과 소무결의 잔상들을 지켜보고 있던 운현의 옆구리를 천영영이 손가락으로 찔렀다.

"왜?"

"왜긴 왜야? 무한이 어디 있냐고."

"아, 걔?"

"어. 어디 있어? 맹을 벗어난 거야?"

운현이 고개를 저었다.

"벗어나긴 어떻게 벗어나? 무사들을 쫙 깔아 놨던데."

"그럼?"

"똥간에 처박아 뒀어. 거긴 안 찾더라고."

❖ ❖ ❖

"널 믿는다."

무엇 하나 속 시원히 대답해 주지 못한 자신에게 제갈곡이 장고 끝에 내린 말이다.

괜히 죄스러운 기분에 마음이 심란했다.

그것이 얼굴에 고스란히 드러났는지 천영영이 제갈연을 쳐다보며 고개를 갸웃거렸다.

"넌 또 왜 그래?"

제갈연이 얼른 고개를 저었다.

"아냐, 아무것도. 그보다 철 공자는? 빠져나갔대?"

천영영이 바닥에 드러누워 숨을 헐떡이는 소무결을 손가락으로 콕콕 찌르는 운현을 힐끔 쳐다보고는 고개를 저었다.

"아니. 똥간에 숨어 있대."

"그래?"

천영영이 고개를 끄덕였다.

제갈연이 무언가 곰곰이 생각에 잠겼다.

그리고는 오래지 않아 자신과 비슷한 얼굴로 고민을 하는 듯한 명진에게 다가서며 말했다.

"이제 어떻게 할 거예요?"

"글쎄……."

명진은 답이 궁하다고 생각했다.

그럼에도 일단은 제 생각을 꺼내 들었다.

"아무래도 지금 빠져나가는 건 무리라고 보는데."

벌집을 들쑤신 것과 같은 형국이다.

당장은 숨을 죽여야 했다.

제갈연도 명진의 생각에 동의하는지 고개를 끄덕였다.

그러나 한마디 덧붙이는 것은 잊지 않았다.

"그래도 가급적 빨리 내보내야 해요. 시간을 끌면 끌수록 부담이 되니까."

명진이 고개를 끄덕였다.

"방법을 생각해 보자."

그리고는 어디론가 휘적휘적 걸음을 옮겼다.

명진이 모습을 감추자 그들의 옆에서 물끄러미 쳐다보고 있던 당소문이 그제야 입을 열었다.

"이거 아무래도 골치 아픈 일에 휘말린 것 같은데……."

어느새 다가온 천영영이 얼굴을 찡그렸다.

"그거야 무한이가 정무맹에 들어설 때부터 예견되어 있었던 거니까. 새삼스럽게 뭘 그래?"

천영영의 눈총에 당소문이 고개를 저었다.

"아니, 그거 말고."

"어? 그게 아니야? 그럼 또 뭐가 있는데?"

당소문이 여전히 운현에게 손가락으로 콕콕 찔리며 비명을 지르는 소무결을 힐끔 쳐다보며 말했다.

"쟤네 사부. 왜 전에 무결이가 말했잖아. 홍 방주님이 맹주가 될지도 모른다고 했던 거."

"어? 그거 그냥 한 말 아니었어?"

천영영이 눈을 동그랗게 떴다.

그러나 당소문은 천영영의 시선을 외면하며 제갈연을 쳐다봤다.

"내가 너무 나간 건 아닌 것 같은데?"

제갈연의 확답을 구하는 듯한 모양새.

그러나 제갈연은 미리 넘겨짚지 않았다.

"그 부분은 좀 더 알아봐야 할 거 같아. 쉽게 생각할 문제가 아니니까."

제갈연의 말에 고개를 끄덕인 당소문이 천영영을 툭 쳤다.

멍청한 얼굴을 하고 있던 천영영이 흠칫 몸을 떨었다.

"왜? 왜?"

"쟤 좀 떼어 내 보라고. 무결이한테 물어볼 게 많으니까."

여전히 비명을 지르고 있는 소무결.

그리고 아직까지도 악동 같은 얼굴로 소무결을 콕콕 찔러 대는 운현의 모습에 천영영이 와락 얼굴을 구겼다.

"쟤는 진짜! 나이가 몇인데 철이 안 들어!"

이청강이 다리를 절뚝이며 들어서는 것이 유난히 이목을 끌었다.

안쓰럽다는 생각이 들기라도 할 찰나, 잔뜩 얼굴을 찌푸리며 심기가 불편하다는 것을 여지없이 드러내고 있는 이청강의 모습은 그런 생각을 쏙 들어가게 했다.

"이게 대체 어떻게 된 일이오? 자신만만하게 나서더니 그런 꼬맹이 하나 못 잡는다는 게 말이나 된단 말이오?"

노골적인 비아냥이었다.

그 정도에 마음이 상할 팽도명이 아니란 것을 잘 알지만 다른 이들도 함께한 자리였다.

서문경이 얼른 자리에서 일어나며 이청강을 달랬다.

"어쩌다 보니 그리되었습니다. 일단 앉으시지요. 앉아서 얘기합시다."

자리를 내주는 서문경의 모습에 이청강이 못마땅하다는 얼굴을 하면서도 마지못해 엉덩이를 걸쳤다.

그러나 자리에 앉기가 무섭게 같은 말을 꺼내는 이청강이었다.

"이제 어떻게 할 것이오? 그놈을 잡아야 일이 수월하게 풀린다 하지 않았소? 대책은 있는 거요? 그러길래 내가 진즉에 움직이자 말하지 않았소?"

이미 놓친 고기라 생각한 이청강이다.

그러나 서문경은 생각이 달랐다.

"걱정 마십시오. 곧 잡을 수 있을 테니까."

"잡을 수 있다고? 승룡각을 샅샅이 뒤졌다 하지 않았소? 그렇다면 이미 빠져나갔다는 건데, 이미 빠져나간 놈을 무슨 수로 잡는단 말이오?"

서문경이 고개를 저었다.

"빠져나가지 못했습니다."

"빠져나가지 못했다고? 그걸 지금 말이라고……."

"빠져나가지 못했습니다. 그놈이 맹으로 들어서자마자 맹주가 무사들을 풀었는데, 놈이 빠져나가는 것을 본 이가 아무도 없습니다. 제 놈이 살왕이라도 되지 않는 이상 누구의 눈에도 띄지 않고 맹을 빠져나간다는 것은 불가능한 일이지요. 분명히 아직 안에 있습니다."

서문경이 확신이 가득한 얼굴로 말했다.

그러나 이청강을 달래기에는 좋은 선택이 아니었다.

이청강이 오히려 더 흥분한 모습을 보이며 자리에서 벌떡 일어섰다.

"그럼 지금 이러고 있을 때가 아니지 않소? 당장 그놈을 잡아야……!"

당장이라도 자리를 박차고 나갈 듯한 이청강이었다.

절강에서 몸이 많이 상한 이후로 예전의 침착했던 모습을 완전히 잃어버린 그였다.

같은 목적으로 모이는 것이 아니라면 얼굴을 마주하기도 싫을 정도로 매사에 날이 서 있었다.

보다 못한 언태진이 얼굴을 찌푸리며 한마디를 던졌다.

"이 장로, 침착하시오. 그렇게 흥분한다고 되는 일이 아니지 않소?"

"뭐라? 지금 본인에게 한 말이오? 그렇소?"

이번에도 여지없이 날을 세우는 이청강.

언태진 역시 화가 나는지 슬며시 기세를 세우려고 할 때, 서문경이 둘 사이에 끼어들며 중재에 나섰다.

"자자, 그만들 하십시오. 싸우자고 모인 것이 아니지 않습니까? 일단은 이 일이 급하니 이것부터 처리하십시다."

서문경의 말에 언태진이 끙 하고 앓는 소리를 냈다.

이를 부득부득 갈던 이청강은 휙 하고 고개를 돌려 버렸다.

그러나 여전히 마음에 차지 않는 듯하던 이청강이 또 다른 꼬투리를 잡았는지 이번에도 날이 선 목소리로 말했다.

"그런데 공손도 그놈도 함께한다 하지 않았소? 왜 보이지 않는 거요?"

같이 일하기 어려운 성격이다.

절로 한숨이 나오려 했다.

그러나 꾹 눌러 삼킨 서문경이 여전히 웃는 얼굴로 대꾸했다.

"공손 장로는 보는 눈이 많아서 함부로 움직이기가 좀 그렇다고 하여 오늘은 참석치 않았습니다. 다른 마음을 품은 것은 아니니 신경 쓸 것 없습니다."

그러나 이청강은 오히려 기가 차다는 얼굴을 했다.

"보는 눈? 제 놈만 보는 눈이 있다는 말이오? 고작 그런 이유로? 이거 여차하면 자기만 빠져나가겠다는 심보 아니오?"

"그런 것이 아니닙니다. 공손 장로는 이미 확고하게 마음을 먹었습니다."

"그렇다면 왜……."

"숨겨진 칼이 하나쯤은 있는 게 좋지 않겠습니까? 저도 공손 장로와 같은 생각이라 일부러 만류하기도 했습니다."

이청강이 얼굴을 찡그렸다.

그러나 더는 그것으로 꼬투리를 잡을 생각은 없는 눈치였다.

서문경이 간신히 안도의 한숨을 내쉬는데 이청강이 다시 불쑥 말을 꺼냈다.

"그 문제는 알아서 하시고, 일단은 그놈부터 잡읍시다. 아직 맹 내에 있다면 잡기가 어려운 일은 아닐 테니."

서문경이 이번에도 고개를 저었다.

"당장은 불가능합니다. 우리가 움직이니까 저쪽에서도 움직여서……."

"저쪽? 홍소천 그놈 말이오? 그놈이 정말 패천성 놈들과 내통이라도 한단 말이오?"

"그건 아닐 겁니다. 그래서도 안 되고요. 그런 생각은 하지도 마십시오."

서문경이 단호하게 고개를 저었다.

개방의 성향상 패천성과 손을 잡을 리도 없었고 그래서도 안 되기 때문이다.

이성을 잃었다고는 하나 그 정도는 기억하고 있던 이청강 역시 그 부분은 더 캐묻지 않았다.

"알겠소. 그 부분은 서문 장로가 알아서 하시겠지. 그럼 일단 철가 놈부터……."

"그 문제도 제가 알아서 하겠습니다. 이 장로는 신경 쓰지 않으셔도 됩니다."

서문경의 말에 이청강이 와락 얼굴을 구겼다.

"그럼 난 왜 부른 것이란 말이오! 그냥 자리나 채우라 이거요? 그런 것이오?"

"그럴 리가 있겠습니까? 당연히 아닙니다. 이 장로는 다른 일을 해 주셨으면 해서 모신 것입니다."

서문경의 말에 이청강이 고개를 갸웃거렸다.

"다른 일?"

"그렇습니다."

"그게 뭐요?"

"다른 게 아니라 조금 있으면 점창의 윤 장로가 맹으로 복귀한다 들었습니다. 이 장로가 윤 장로와 친분이 있으니 말 좀 잘 해 주십사 해서 말입니다."

이청강이 못마땅하다는 얼굴을 했다.

"고작 그런 일로……."

"고작 그런 일이 아닙니다. 소림과 무당이 잠잠하다고는 해도 개방과 긴밀한 관계를 맺고 있는 그들 아닙니까? 그들이 어찌 나올지 모르니 단단히 대비를 해야겠지요. 손 하나가 아쉬운 상황이니……."

서문경의 말을 잠깐 고민하던 이청강이 자리에서 벌떡 일어섰다.

"알겠소. 난 그만 가 보겠소."

그리고는 곧바로 장내를 벗어나는 이청강이었다.

이청강이 완전히 모습을 감추자 언태진이 불만이 가득한 얼굴로 말했다.

"성질머리하고는. 눈만 마주치면 싸우자고 덤비니 이거야 원……."

서문경이 고개를 절레절레 저었다.

"그래도 안고 가야 하니 할 수 없지요. 그보다 각자 부리는 사람들 있지 않습니까? 그들을 은밀하게 풀어 주십시오."

서문경의 말에 팽도명이 고개를 갸웃거렸다.

"개인적으로 부리는 이들 말이오?"

"그렇습니다."

"그들은 왜?"

"조만간 맹주가 경계령을 거둘 것입니다. 그때를 대비하자는 것이지요."

팽도명이 흠칫 몸을 떨었다.

"하지만 그놈을……!"

"어차피 꽁꽁 숨으면 잡지도 못합니다. 맹이 좀 넓어야지요. 그럴 바엔 틈을 보여 주고 끌어내는 것이 낫습니다."

"그렇지만……."

"그리고 저들의 눈치가 보여서 더 끌고 가기도 무리입니다. 어차피 거둬들여야 합니다."

홍소천 등을 말함이다.

서문경의 의도를 파악한 팽도명과 언태진이 동시에 끙하고 앓는 소리를 냈다.

그런 둘을 쳐다보며 서문경이 다시 한 번 목소리를 냈다.

"그러니 이번 기회를 이용합시다. 반드시 잡을 겁니다."

"제기랄……."

주먹밥을 씹는 철무한의 얼굴이 영 좋지 못했다.

마치 똥이라도 씹어 넘기는 듯한 얼굴이었다.

얼굴만 그런 게 아니라 실제로 똥을 삼키는 느낌이었다.

밍밍한 주먹밥은 느껴지지 않고 불쾌한 냄새만 코를 가득 채우고 있었기 때문이다.

열흘이나 지났어도 영 적응이 되지 않는 냄새였다.

"차라리 시체더미에서 밥 먹는 게 낫지. 이게 뭐야, 이 게……."

불만이 가득한 얼굴로 투덜거리는 철무한을 보며 운현이 픽 웃음을 보였다.

"아무렴 그럴까? 그래도 차라리 이게 낫지. 그런 데서 어떻게 밥을 먹어?"

"아니거든? 차라리 그게 더 낫거든?"

실제로 북방에서 수없이 경험해 본 일이었다.

적어도 지금보단 훨씬 더 밥이 잘 넘어갔다.

그러나 운현은 여전히 픽 웃음을 흘리며 넘길 따름이다.

그런 운현을 내버려 두고 얼굴을 잔뜩 찌푸린 채 끝까지 주먹밥을 씹어 넘긴 철무한이 그제야 운현을 다시 쳐다봤다.

"근데 언제까지 이 짓을 해야 돼? 대림이 말로는 경계가 좀 얇아진 것 같다고 하던데?"

"아, 그거? 보이는 것만 그런 거야. 우리가 틈 날 때마다 돌아다녀 보는데 안 보이는 게 더 많더라고."

운현의 말에 철무한이 끙 하고 앓는 소리를 냈다.

그러나 포기하지 않고 재차 입을 열었다.

"그래도 언제까지 여기 있을 수는 없잖아. 일단은 빠져나가야 할 것 같은데……."

"그러니까 오지 말라니까 왜 끝까지 따라붙어서 이 사단을 만들어? 오지 말라면 오지 말았어야지."

"지금 그게 중요한 게 아니잖아. 이제 와서 뭘 어쩌라고? 그보다 빠져나갈 방법이나 내놔 봐. 진짜 없어?"

철무한의 뻔뻔한 얼굴에 운현이 얼굴을 찡그렸다.

그러나 곧 고개를 저으며 목소리를 냈다.

"조금만 더 기다려 봐. 곧 틈이 생길지도 모르니까."

"틈? 그게 뭔데?"

"그게…… 조금 있으면 오대세가 가주들 회합이 있거든. 곧 개봉이 시끌벅적해질 거야. 그때를 노리자는 거지."

운현의 말이 그럴싸하게 들렸다.

철무한이 새삼스럽다는 눈으로 운현을 쳐다봤다.

"네가 그런 생각도 해?"

운현이 얼굴을 구겼다.

"이 자식이 날 어떻게 보고…… 당연히 아니지. 연아가 말한 거야."

운현의 대꾸에 철무한이 그럴 줄 알았다는 얼굴로 고개를 끄덕였다.

그리고는 무언가를 곰곰이 생각하는 듯하더니 다시 질문
을 이어 갔다.

"그게 언젠데?"

"3일 후."

참룡
회귀록

斬龍
回歸
錄

斬龍回歸錄

참룡
회귀록

69 章.

　첫 번째로 모습을 드러낸 이는 진주언가의 가주 언태극
이었다.

　제법 많은 언가의 무사들을 동원한 언태극의 등장은 개
봉을 소란스럽게 만들기에 충분했다.

　몰려든 시선을 즐기기라도 하듯이 입꼬리가 치켜 올라간
채 어깨에 잔뜩 힘이 들어간 언태극이 정무맹으로 들어서
자, 그 다음으로 사천당가의 가주 당화문이 모습을 보였다.

　당화문은 언태극과는 다르게 많은 무사들을 동원하지도
않았고, 스스로를 드러내려 요란하게 치장하지도 않았다.

　조용히 정무맹으로 향할 생각이었지만 본의 아니게 이목을
끌게 된 것은 누군가 그를 알아보는 이가 있었기 때문이다.

그리고 그 한 사람의 호들갑으로 언태극의 등장 못지않게 소란을 일으키게 된 당화문이 빠르게 정무맹으로 들어서자, 이번에는 하북팽가의 가주 팽도극의 차례였다.

팽도극은 자신을 드러내려 하지 않았고, 그렇다고 굳이 자신을 감추려고 하지도 않았다.

적정한 수의 무사들을 이끌고 무덤덤하게 정무맹으로 향했지만 그 역시 알아보는 이가 제법 있었다.

이전처럼 개봉에 또다시 소란이 일어났다.

세 차례 광풍이 불고 간 직후, 뒤늦게 개봉으로 들어선 윤충 일행이 상대적으로 주목을 받지 못하게 된 것은 당연한 이치였다.

정무맹의 장로라고는 하나 오대세가의 가주들처럼 강호에서 널리 알려진 이름은 아니었기 때문이다.

그리고 그런 사람들의 반응이 영 마음에 들지 않는 듯 유호진이 얼굴을 찡그렸다.

"사숙님께서 돌아오셨는데 어째 반응이 영……."

좋은 의미로든 나쁜 의미로든 제법 반향이 있을 거라 생각했던 것이다.

그러나 예상과는 달리 미지근한 반응에 기분이 상한 모양새였다.

윤충이 유호진을 쳐다보며 고개를 저었다.

"오대세가의 가주들이 셋이나 모습을 드러냈으니 그럴

수밖에. 신경 쓰지 말거라."

"하지만 사숙……."

"되었다. 그보다 너는 맹에 들어가면 조용히 있거라. 괜한 분란을 일으키지 말고."

윤충의 말이 마음에 차지 않는 듯 유호진이 입술을 삐죽거렸다.

대꾸가 없는 유호진을 쳐다보며 윤충이 다시 말했다.

"대답하지 않는 것이냐? 사고 치지 말라고 했다."

거듭된 당부에 유호진이 끙 하고 앓는 소리를 냈다.

그리고는 마지못해 고개를 끄덕였다.

"알겠습니다."

"그래. 어차피 네 실력이면 굳이 나서려 하지 않아도 자연스레 이목을 끌게 될 게다. 그러니 조급한 마음은 눌러두도록 해라."

점창에서 4년간의 집중 지도를 받으며 눈에 띄게 실력이 늘어난 유호진이었다.

이제는 후기지수의 범위를 벗어났고, 또래에서는 적이 없을 것이라 여겨질 정도였다.

윤충이 새삼 뿌듯하다는 눈으로 유호진을 쳐다보고 있는데, 정작 유호진은 여전히 낯빛이 좋지 못했다.

"그럼 뭐합니까? 순무대전은 참여하지도 못하는데……."

용봉관에 입관하지 않은 탓에 참가할 자격조차 없는 유

호진이었다.

또래 무인들의 꿈이라고도 할 수 있는 순무대전에 참여하지도 못한다는 것은 제법 큰 좌절감을 가져왔다.

윤충이 우울한 얼굴을 하고 있는 유호진을 향해 말했다.

"누가 그러더냐? 네가 순무대전에 참여할 수 없다고."

"예? 하지만 저는……."

유호진이 눈을 동그랗게 떴다.

윤충이 픽 웃음을 흘리며 말했다.

"원래 예외라는 것이 있는 법이지. 실력만 충분하다면."

"예? 그, 그게 무슨……."

"일단은 그렇게만 알고 있거라. 하지만 한 가지는 명심해야 한다. 이전처럼 또 문제를 일으키면 그럴 기회조차 없어진다는 것을. 내 말 무슨 뜻인지 알아들었느냐?"

유호진이 침을 꿀꺽 삼키며 고개를 끄덕였다.

그러는 사이 어느새 정무맹의 정문에 도달한 일행이었다.

제법 늦은 시간이라 맞아 줄 이가 없을 거라 생각했는데 그것은 착각이었다.

이청강이 환한 얼굴을 하며 윤충을 맞이했다.

"윤 장로, 이게 얼마 만이오?"

"이 장로가 어떻게……."

"어떻게는 무슨. 당연히 기다렸지요. 우리가 어디 보통 사이였소?"

그 말에 미미하지만 윤충의 입꼬리가 슬며시 올라갔다.

지금껏 아닌 척했지만 은연중에 뒤따르는 무사들에게 민망한 마음이 들었던 윤충이었다.

그런데 정무맹의 장로인 이청강이 직접 자신을 맞이해 주자 조금은 면이 살았다 생각한 것이다.

딱히 거창한 사이라고 생각해 본 적 없었던 그가 자신을 잊지 않고 체면을 살려 준 것에 고마운 마음이 든 것은 어쩔 수 없었다.

그러나 이청강은 윤충이 고마움을 표할 시간도 주지 않고 그를 잡아끌었다.

"이럴 게 아니라, 가십시다. 가서 얘기합시다."

이청강의 뒤를 따르던 윤충이 문득 걸음을 멈추며 유호진을 돌아봤다.

"너는 예전에 내가 머물던 곳에 가 있거라. 그리고 내 말 명심하도록 하고."

"알겠습니다."

윤충의 거처는 주인이 자리를 비웠음에도 관리가 잘된 모습이었다.

아침저녁으로 쓸고 닦는지 먼지 한 톨 찾아보기가 어려울 정도로 정돈되어 있었다.

그러나 기본적으로는 소박하다는 느낌이 들었다.

이렇다 할 장식품은 보이지 않았고 침상 하나에 몇몇 책자가 전부였다.

아랫것들이 물건에 함부로 손을 댈 일은 없었으니 이것이 윤충의 기본적인 성정일 것이다.

그리고 그러한 윤충의 거처는 아직은 혈기가 왕성한 유호진에게 따분하게 느껴졌다.

"하암."

크게 하품을 하자 눈물이 찔끔 나왔다.

가볍게 눈물을 닦아 낸 유호진은 더 이상 지루한 시간을 이겨 내지 못하고 자리에서 벌떡 일어섰다.

"뭐, 보기만 하는 거라면 상관없겠지."

용봉관에 입관하지 못한 것이 못내 아쉬웠던 유호진이었다.

예전이라면 정무맹을 함부로 돌아다닐 엄두도 내지 못했겠지만 지금은 자신이 있었다.

유호진이 발소리를 죽여 가며 윤충의 거처를 나서더니 이내 제법 빠른 속도로 장로원을 벗어났다.

그리고는 어둠과 어둠 사이로 몸을 감추며 용봉관이 있는 방향으로 향했다.

이따금씩 주위를 살폈지만 여전히 다른 이의 기척은 느껴지지 않았다.

히죽 웃으며 경쾌하게 발걸음을 옮긴 유호진이 마침내

용봉관에 들어서 승룡각을 마주했을 때, 이전과는 달리 멈칫거리며 그 자리에 멈춰 섰다.

그리고는 아쉬움이 가득한 눈으로 승룡각을 쳐다보는 유호진이었다.

'나도 들어갈 수 있었는데……'

단 한 번 일이 꼬여서 기회를 놓친 것이다.

그러나 제 잘못이라 생각하기보다는 오히려 모용기에 대한 악감만 쌓여 갔다.

"그 빌어먹을 새끼. 이번에 만나면 가만 안 둔다."

유호진이 모용기에 대한 반감으로 이를 부득부득 갈 때, 그 순간 유호진의 뒤로 검은 그림자가 다가서며 그의 어깨를 툭 쳤다. 운현이었다.

"너 뭐야? 넌 뭔데…… 엇!"

운현이 말을 끝맺음하기도 전에 번쩍이는 검광 하나.

운현이 기겁을 하며 몸을 틀었다.

번쩍이는 검광이 아슬아슬하게 운현의 코끝을 스쳐 지나갔다.

유호진의 검을 간신히 피해 낸 운현이 얼굴을 와락 구겼다.

"이 새끼가 미쳤나! 죽고 싶어? 이 자식이 진짜…… 어?"

뒤늦게 얼굴을 확인한 운현이 말똥말똥한 눈으로 눈앞의 유호진을 쳐다봤다.

그리고 그것은 유호진 역시 마찬가지였다.

"어? 너……."

눈을 동그랗게 뜨고 운현을 응시하는 유호진.

이내 먼저 정신을 차린 유호진이 목소리를 냈다.

"너 여기 어쩐 일이야? 네가 어떻게……."

"그건 내가 묻고 싶은 말이거든? 네가 여긴 어쩐 일이야? 너 점창에서 나온 거야?"

"어? 그게…… 어쩌다 보니까……."

"어쩌다 보니까는 무슨. 그 난리 치고 돌아가서 두 번 다시 점창 밖으로 발걸음도 하지 않을 줄 알았더니, 이제 좀 살 만한가 봐?"

운현의 말에 유호진이 얼굴을 찡그렸다.

예전부터 느낀 것이지만 운현의 말에는 사람의 마음을 건드리는 무언가가 있었다.

그것도 좋지 못한 쪽으로 건드리는 무언가가.

유호진이 이를 갈았다.

"이 자식이…… 죽고 싶어?"

"죽여? 네가? 나를?"

운현이 픽 웃음을 흘렸다.

"까불지 말고. 이제는 나이 들어서 귀엽지도 않으니까."

"이 새끼가 진짜!"

유호진이 얼굴을 와락 구기며 검을 들려 했다.

그러나 그러한 시도를 무마시키는 또 다른 인기척.

아예 대놓고 인기척을 흘리며 터덜터덜 걸음을 옮기는 소무결이 하품을 하며 모습을 드러냈다.

"또 뭔데? 무슨 일인데 이렇게 시끄…… 어라?"

그제야 유호진을 발견한 소무결이었다.

소무결이 유호진을 쳐다보며 눈을 동그랗게 떴다.

"네가 여기 어떻게……."

소무결이 운현과 비슷한 반응을 보였다.

그러나 유호진은 소무결을 아는 체도 하지 않고 다시 운현을 향해 날을 세웠다.

"너 말조심해라. 정말 죽고 싶지 않으면"

"그러니까 누가? 네가?"

운현은 여전히 여유가 가득한 얼굴로 방실방실 웃기만 했다.

그럴수록 유호진은 기분이 나빠졌다.

그러나 이번에도 소무결이 끼어들며 둘 사이를 막아섰다.

"오랜만에 만나서 왜 그래? 만나자마자 칼질부터 할 생각이야?"

운현이 유호진을 향해 턱짓을 했다.

"저 자식이 말도 안 되는 소리를 하니까……."

"아 쫌!"

소무결이 운현을 향해 눈을 부라렸다.

가뜩이나 철무한 때문에 마음이 조마조마한 상황에서 또 다른 일을 만들고 싶지 않았던 것이다.

소무결의 눈빛에 담긴 의미를 알아챈 운현이 쩝 하고 입맛을 다시더니 몸을 홱 돌려 어디론가 멀어져 갔다.

운현의 뒷모습을 보며 여전히 이를 갈고 있는 유호진의 어깨를 소무결이 툭 쳤다.

"너도 그만해. 애들도 아니고 오랜만에 만나서 뭐 하는 짓이야?"

유호진이 얼굴을 찡그렸다.

그러나 곧 후 하고 한숨을 쉬더니 제 검을 회수했다.

그리고는 운현이 그랬던 것처럼 홱 몸을 돌리려는데, 그보다 소무결의 손이 먼저였다.

"어디 가게? 놀러온 것 아니야?"

별다를 것 없는 단순한 움직임.

그러나 유호진은 제 팔을 낚아챈 소무결의 손을 내려다보며 얼굴을 딱딱하게 굳혔다.

"어, 어떻게……?"

반항조차 하지 못하고 팔을 내준 것이다.

아무리 경계심이 옅어졌다고는 하나 있을 수가 없는 일이었다.

사숙인 윤충도 이렇듯 쉽게 자신의 팔을 낚아채지는 못

하기 때문이다.

유호진의 눈초리가 심상치 않은 것을 본 소무결이 슬며시 손을 뺐다.

"왜? 더러워서? 하긴 좀 안 씻기는 했지."

슬며시 말을 돌려 보려 하지만 유호진의 눈동자는 여전히 딱딱했다.

유호진이 소무결을 쳐다봤다.

"너 뭐야? 네가 어떻게……."

조금은 불신이 담긴 눈동자였다.

소무결이 얼굴을 찡그리다가 결국은 어깨를 들썩이고 말았다.

"내가 무공이 좀 늘었거든."

"무공이 좀?"

"아니, 아주 많이. 그러니까 쉽게 잡아챈 거고. 아! 운현이 자식도 엄청나게 늘었거든. 그러니까 괜히 건드리지 마. 그 자식은 성격이 더러워서 진짜 험한 꼴 보니까."

"뭐, 뭐?"

유호진은 여전히 어리둥절한 얼굴이었다.

그러나 더 설명할 것도, 설명할 이유도 없었다.

그나마 남아 있던 옛 정으로 유호진을 잡아 보려 한 것이 이제는 후회가 되는 소무결이었다.

"뭐 그렇다고. 그보다 승룡각 볼 생각 아니면 그만 가 봐.

나도 졸리니까."

그리고는 소무결이 휙 몸을 돌리려 할 때.

승룡각 안에서 석대림이 후다닥 뛰쳐나오더니 소무결을
찾았다.

"어? 무결이 형님! 무한이 형님이 배탈 났다고……."

첫 소리는 컸지만 뒷말은 작았다.

원래는 꺼내서는 안 되는 이름이었지만 최근에는 지켜보
는 눈이 적었기에 저도 모르게 경계심이 옅어진 것이다. 그
나마 약간의 경계심이 남아 있었기에 뒷말이 작아진 것이
다.

그러나 소무결은 크게 당황한 얼굴을 했다.

"야 인마!"

그 순간 그들의 주위에서 십여 개의 인영이 불쑥 치솟아
올랐다.

그리고 그 전면에 나타난 팽도명이 승룡각을 향해 턱짓
을 했다.

"찾아!"

자신을 스쳐 지나가는 십여 개의 인영에 석대림의 얼굴
이 하얗게 질렸다.

"이, 이런!"

❖ ❖ ❖

의왕루는 늦은 시각에도 사람들로 제법 북적이는 곳이었다.

그러나 오늘은 여느 때와 달리 모든 탁자가 깨끗하게 비워져 있었다.

텅 빈 의왕루의 일층을 힐끔 내려다본 당화문이 얼굴을 찌푸리며 말했다.

"하여간 호들갑은. 사람들 좀 있으면 어떻다고 그걸 굳이 다 쫓아내야 했나?"

당화문의 말에 언태극이 대꾸했다.

"모처럼의 자리인데 번잡한 것보다는 이게 낫지. 그리고 억지로 쫓아낸 것도 아니지 않나? 은자 하나씩 쥐여 줬으니 다들 불만은 없을 걸세."

"하여간 돈지랄은."

당화문은 여전히 마음에 들지 않는다는 얼굴이었다.

그 때 차를 홀짝이던 팽도극이 찻잔을 탁 하고 내려놓으며 말했다.

"그런데 제갈공은 좀 늦는군."

이번에도 언태극이 냉큼 대꾸했다.

"원래 그런 사람 아닌가? 주목 받기 좋아하는 거. 제 시간에 오는 법이 없지."

231

"그렇다고 해도 너무 늦는 것 같아서 말일세. 아직 개봉에 들어서지도 않은 것 같던데."

"곧 올 걸세. 회합에 빠질 인간은 아니니 적당한 시간이 되면 모습을 드러내겠지. 그러지 말고 일단 뭐 좀 먹으면서 얘기하세."

언태극의 말에 팽도극이 고개를 끄덕였다.

그러나 당화문은 생각이 달랐다.

당화문이 팽도극을 쳐다봤다.

"그 전에 이유부터 말해 보게. 굳이 개봉에서 회합을 가진 이유 말일세. 남궁이 빠진 상태에서 회합을 가지자고 한 건 그렇다고 쳐도, 왜 굳이 개봉인가? 연고도 없는 개봉이 아니라 차라리 다음 순번인 제갈세가에서 하는 게 더 이치에 맞다 생각하는데."

당화문이 아무것도 모른 채 순진하게 하는 말은 아닐 것이다.

그렇게 보면 당화문의 생각이 어렴풋이 짐작이 갔다.

팽도극이 조금은 딱딱하게 굳은 얼굴로 당화문을 쳐다봤다.

"어째 자네는 우리와 생각이 다른 것 같군."

"우리?"

당화문이 고개를 갸웃거렸다.

그러나 이내 느낀 점이 있어 언태극에게로 시선을 돌렸다.

당화문의 눈길을 받은 언태극이 머쓱한 얼굴로 고개를 돌렸다.

"험험……."

헛기침을 하는 언태극을 보며 당화문이 얼굴을 찌푸렸다.

"벌써 얘기가 된 것인가? 나만 빼고?"

팽도극이 고개를 저었다.

"그럴 것 없네. 저 친구와 거처가 가까워 잠깐 얘기를 나눴던 것뿐이니까."

"그럼 제갈 놈은? 자네 말투로 봐서는 그놈과도 얘기가 된 것 같은데."

"얼마 전에 혼사 문제로 본 적이 있지. 그때 잠깐 얘기했네."

"혼사 문제?"

당화문이 의문을 표하자 언태극이 팽도극을 대신해 입을 열었다.

"팽가의 둘째와 제갈가의 여식이 혼례를 치르기로 약조했다더군. 축하할 일이지. 암, 그렇지 않나?"

언태극이 과장스레 웃음을 보이며 고개를 끄덕였다.

그러나 점점 더 기분이 상하는 당화문이었다.

이 또한 자신만 쏙 빼놓고 얘기가 된 것이기 때문이다.

그러나 그것은 그리 큰 문제가 아니었다.

당화문이 기분이 상했다는 것을 얼굴에 노골적으로 드러내며 자리에서 일어섰다.

"자네들끼리 얘기가 되었으면 더 이상 나는 필요가 없겠군. 먼저 일어나 보겠네."

언태극이 당화문을 따라 일어서며 그가 걸음을 옮기려는 것을 만류했다.

"어허. 이 사람아, 그런 게 아니래도. 자네를 따돌리려 그런 것이 아니라 어쩌다 보니까……."

언태극의 말에 당화문은 이번에도 고개를 저었다.

단순히 기분이 상했다는 것만이 문제가 아니었다.

자신과 저들의 생각이 다르다는 것이 문제였다.

당화문이 팽도극을 힐끔 쳐다보며 말했다.

"되었네. 아무래도 자네들과 나는 정한 바가 다른 것 같으니 더 이상 얘기할 필요는 없을 것 같네."

당화문의 냉정한 말에 언태극이 당황한 얼굴을 했다.

"아니 이 사람아, 지금 무슨 말을…… 아무리 기분이 상했대도……."

"기분이 상한 게 아니라…… 되었네. 더 말해 봐야 입만 아프지. 난 이만 가 보겠네."

당화문이 자신을 붙잡는 언태극의 손길을 차갑게 뿌리치며 걸음을 옮기려 했다.

언태극이 난감하다는 얼굴로 팽도극을 쳐다봤다.

"이보게. 어떻게 좀 해 보게. 이대로 보낼 생각인가?"

그러나 팽도극은 실랑이를 하고 있는 당화문과 언태극에게 시선조차 주지 않았다.

창밖의 정무맹을 물끄러미 쳐다보고 있던 팽도극은 혼잣말로 중얼거리듯 말할 뿐이었다.

"제갈이 왔군."

"응?"

팽곡의 말에 언태극과 당화문이 동시에 멈칫거렸다.

그리고는 반사적으로 창밖으로 시선을 돌리던 당화문이 언태극에 앞서 미간을 좁혔다.

"저것들은……."

"제, 젠장! 석대림 이 새끼……."

철무한이 석대림을 떠올리며 이를 갈았다.

촐랑거린다 싶을 때 조심시켰어야 했는데 결국 일이 터지고 말았다.

불빛이 부산스럽게 움직이는 승룡각을 힐끔 뒤돌아보며 오만상을 쓰는 철무한의 어깨를 명진이 툭 쳤다.

"그럴 때가 아니다. 일단 빠져나간다."

명진의 말에 철무한이 끙 하고 앓는 소리를 냈다.

235

그리고는 한 걸음 앞서서 걸음을 옮기고 있는 제갈연을 향해 말했다.

"근데 어디로 가는 거지? 이대로 가면 아무래도……."

제갈연이 힐끔 뒤돌아보며 고개를 끄덕였다.

"맞아요. 정문으로 가는 거예요. 명진 도장이랑 틈 날 때마다 돌아봤는데, 거기가 눈이 제일 적더라고요."

"진짜? 이것들이 뭘 잘못 먹었나? 정문을 왜 비워 뒀대?"

"그쪽으로 갈 일은 없다고 생각했나 보죠. 그보다 배탈이 난 건 좀 어때요? 괜찮아요?"

먹기 싫은 것을 며칠이나 억지로 꾸역꾸역 삼키다 보니 결국에는 탈이 났다.

그것이 아니라도 불결한 환경에서 제법 시간을 보냈으니 멀쩡한 것이 정상은 아닐 터.

그러나 철무한은 고개를 저었다.

"괜찮아. 움직일 만해."

사실 괜찮지 않더라도 억지로라도 몸을 움직여야 했다.

아직은 죽고 싶은 마음이 없었기 때문이다.

'죽을 생각이었으면 패천성에서 여자 끼고 노닥거리지, 괜히 개고생하며 돌아다녔겠어?'

철무한의 생각을 어렵지 않게 짐작한 명진이 고개를 끄덕이며 말했다.

"맹을 빠져나가는 건 그렇다 치고, 나가서는 어떻게 할 생각이지? 개봉을 벗어나는 것이 쉽지는 않을 텐데."

오히려 그게 더 어려울 것이다.

개봉은 제법 중요한 도시라 항상 관이 경계를 늦추지 않았으니, 사방에 깔려 있는 병사들을 피해 벗어나는 것은 상당히 어려운 일일 터.

병사들의 눈에 띄어 조금이라도 소란이 일면 바로 저들이 따라붙을 것이다.

곤란한 상황이었다.

그러나 철무한은 별것 아니란 투로 말했다.

"나가서 하오문에 콕 처박혀 있으려고. 당장 빠져나가는 건 무리일 테니 콕 처박혀 있다가 며칠 지나서 잠잠해지면 그때 움직여야지."

제법 괜찮은 생각이라 여겼다.

그래서 명진이 가만히 입을 다무는데, 제갈연이 고개를 저었다.

"하오문은 안 돼요. 거기도 지켜보는 눈이 많을 거예요."

"네가 몰라서 그러나 본데, 제법 안가가……."

"맹에서 그걸 모를 것 같아요? 괜히 시끄러워질까 봐 내버려 두는 거지, 아마 다 알걸요? 그러니 하오문은 안 돼요."

"그런가?"

철무한이 은밀하게 움직이는 와중에도 고개를 갸웃거리며 의문을 표했다.

그러나 그 답은 어렵지 않게 나왔다.

자신들도 하문에 있는 개방의 안가를 모조리 파악하고 있었기 때문이다.

같은 이치였다.

철무한이 난감한 얼굴로 제갈연의 뒷모습을 쳐다봤다.

"그럼 어쩌지?"

"개방으로 가세요."

"개방?"

"예. 왕팔 장로님이면 말이 통할 거예요. 그러니까 개방에 가서 며칠 숨죽이고 계세요."

"왕팔 장로? 난 그런 사람 모르는데……."

철무한이 여전히 난감하다는 얼굴을 했다.

명진이 끼어들며 철무한의 어려움을 풀어 줬다.

"내가 같이 가지."

"그래? 그럼 신세 좀 질게."

그 말을 끝으로 상황이 정리됐다.

그리고 한동안 지루한 움직임이 이어지고 오래지 않아 정무맹의 정문이 보이는 곳에 도착한 그들이었다.

제갈연이 일행을 이끌어 어둠 속으로 숨어들었다.

제갈연의 뒤를 따르던 철무한이 눈을 반짝였다.

'정말 꼼꼼히도 살펴봤네. 어째 사각으로만 파고드니.'

저들의 눈에 절대로 띄지 않을 곳으로만 움직이는 제갈

연이었다.

한두 번 살펴본 것으로는 절대 불가능한 일이었다.

'이러니 우리를 황궁으로 들여보낼 수 있었던 거겠지.'

철무한이 내심 감탄한 얼굴을 하는데, 그 때 제갈연이 명진을 돌아봤다.

"저들을 처리해야 하는데……."

정무맹의 정문을 지키는 몇몇 무사들.

수가 많지는 않았지만 서로가 서로를 확인할 수 있는 위치에 거리를 두고 자리를 잡은 탓에 제법 곤란한 상황이었다.

명진이 철무한과 제갈연을 번갈아 쳐다보며 말했다.

"동시에 움직이지."

그리고는 어둠 속으로 스르륵 녹아드는 명진이었다.

제갈연과 철무한 역시 그 뒤를 따라 스르륵 녹아들듯 어둠 속으로 스며들었다.

그리고 오래지 않아 정문을 지키고 있던 무사 하나가 소리도 내지 못하고 풀썩 쓰러졌다.

그 모습을 똑똑히 지켜보고 있던 무사가 눈을 동그랗게 떴다.

"어? 자네……."

그러나 그 순간 사방에서 격타음이 나직이 울려 퍼졌다.

픽! 픽!

이내 동시다발적으로 쓰러지는 무사들.

정문을 지키는 무사들이 모조리 쓰러지자 그제야 모습을 드러내는 철무한이었다.

철무한이 얼굴을 찌푸리며 자신의 아랫배를 문질렀다.

"아 씨, 몸 좀 썼다고 또 배가 아프네."

그리고 그 뒤를 따라 명진과 제갈연이 모습을 드러냈다.

제갈연이 식은땀을 흘리는 철무한을 쳐다보며 말했다.

"괜찮으세요?"

"아직은 버틸 만해. 그보다 얼른 나가자. 얼른 가서 좀 쉬어야겠어."

그리고는 성큼성큼 걸음을 내딛으며 정무맹의 정문을 나서는 순간.

명진이 딱딱한 얼굴로 목소리를 냈다.

"빌어먹을. 또 있었나?"

명진보다 한 박자 늦게 같은 것을 느낀 제갈연.

그리고 몸이 좋지 않은 관계로 그들보다 반응이 느린 철무한이 자신들을 가로막고 있는 일단의 무리를 두 눈으로 확인하고서야 뒤늦게 당황한 얼굴을 했다.

"어?"

빠져나갈 틈이 없이 단단히 틀어막고 있는 십여 명의 무사들.

그리고 그런 무사들을 헤치며 중년인이 앞으로 나섰다.

머리 위에 단정하게 관정을 올린 중년인의 눈매가 호선을 그렸다.

중년인이 제갈연을 쳐다보며 부드럽게 목소리를 냈다.

"역시 내 딸이로구나. 모처럼 아비를 본다고 이렇게 선물까지 준비해 둘 줄이야."

철무한이 당황한 얼굴로 제갈연을 쳐다봤다.

"딸? 설마…… 네 아버지? 제갈 가주?"

제갈연이 난감함이 가한 얼굴로 말을 더듬었다.

"아, 아버님이 여긴 어, 어떻게……."

그러나 제갈공은 여전히 환한 미소를 머금은 얼굴이었다.

"모처럼 만난 우리 연아가 이렇게 큰 선물을 준비해 뒀는데 내가 소홀할 수는 없는 법이지."

제갈공이 무사들을 돌아보며 철무한을 향해 턱짓을 했다.

"잡아."

언제 환한 얼굴을 했느냐는 듯 싸늘한 냉기가 감도는 눈초리.

제갈공의 명을 받은 무사들이 무기를 빼어 들며 앞으로 나섰다.

"젠장!"

철무한이 정무맹으로 들어선 이후로 자신의 구룡도를 처음으로 뽑아 들었다.

어떻게든 빠져나갈 생각이었다.

그리고 아무리 몸이 좋지 않아도 열 남짓한 인원을 뿌리치기는 어렵지 않다 생각했다.

그러나 자신의 어깨를 툭 치는 명진의 손길에 철무한이 얼굴을 찡그렸다.

"왜 또?"

"무기 내려."

"뭐?"

철무한이 당황한 얼굴로 명진을 돌아봤다.

제갈공이 그랬던 것처럼 어딘가를 향해 턱짓을 하는 명진이었다.

그리고 그 순간 떨어져 내리는 세 개의 인영.

오대세가의 세 가주가 동시에 모습을 드러낸 것이다.

한눈에 보기에도 심상치 않은 그들의 움직임에 철무한이 얼굴을 와락 구겼다.

"망할!"

승룡각 주위를 정무맹의 무사들이 겹겹이 둘러싸고 있었다.

조금의 틈도 허용하지 않으려는 듯 밤에도 불을 환하게

밝힌 채 시선을 거두지 않았다.

그들을 힐끔거리며 쳐다보던 소무결이 한숨을 푹 내쉬었다.

"이래서는 빠져나가기도 어렵겠는데……."

소무결의 곤란하다는 얼굴을 본 운현이 얼굴을 와락 구겼다.

"멍청한 자식. 다 빠져나가서 잡히기는…… 아니지. 기껏 잘 숨겨 뒀는데 저 자식이 초를 쳐서는……."

운현이 한쪽 구석에서 고개를 푹 숙이고 있는 석대림을 흘겨봤다.

운현의 시선을 눈치 챈 석대림의 어깨가 더 움츠러들었다.

당소문이 고개를 저으며 석대림을 막아서더니 운현의 시선으로부터 그를 보호해 줬다.

"그만둬라. 이미 벌어진 일. 애를 잡는다고 해결되는 것도 아니다."

"짜증나서 그러지. 저 자식만 아니었으면 아무 일도 없었을 텐데…… 저건 왜 따라와서 사고 치고 난리야?"

생각할수록 화가 나는지 운현의 눈초리가 점점 더 사나워졌다.

그러나 당소문 역시 요지부동이다.

한참이나 당소문과 시선을 맞추며 기 싸움을 벌이던 운현이 결국 먼저 고개를 틀고 말았다.

"됐다, 됐어. 내가 너랑 싸워서 뭐하겠냐? 관두자."

운현이 고개를 절레절레 저으며 한숨을 내쉬었다.

그러나 한번 틀어진 감정은 쉽게 풀리지 않았다.

운현이 답답하다는 얼굴로 다시 투덜거리듯 말했다.

"이럴 줄 알았으면 나도 무한이 자식 따라서 옥에 들어가는 건데……"

천영영이 운현을 향해 얼굴을 찌푸렸다.

"얘는…… 네가 거길 왜 들어가? 말도 안 되는 소릴 하고 있어."

"말이 안 되긴 뭐가 안 돼? 명진이도 들어갔는데?"

"걔야 워낙 막무가내니까 그런 거고. 너 걔처럼 막 나갈 자신 있어? 그럴 배짱도 없으면서 말은……"

천영영이 눈을 흘기자 괜히 울컥하는 운현이었다.

저도 모르게 숨결이 거칠어진 운현이 자리에서 벌떡 일어서려 할 때.

"내가 못 할 줄 알아? 나도 할 수 있……!"

소무결이 어딘가를 쳐다보며 눈을 동그랗게 뜨더니 운현의 말을 끊었다.

"야, 야. 잠깐만!"

"이 자식, 너도 내가 못 할 거라고 생각해?"

"아니, 그게 아니고."

"아니긴 뭐가 아냐? 나도 할 수……"

"시끄럽고 저기 좀 봐 보라고."

소무결이 다시 한 번 명진의 말을 끊더니 어딘가를 향해 턱짓을 했다.

운현이 못마땅하다는 얼굴로 투덜거렸다.

"보긴 뭘 봐? 이 자식 그런 식으로 말 돌리…… 어라? 저게 왜 갈라져?"

쫘 갈라지며 길을 트는 무사들의 모습에 운현이 눈을 동그랗게 떴다.

천영영이 조금은 밝아진 얼굴로 말했다.

"이거 혹시 연아 아니야?"

백운설과 마찬가지로 한동안 연락이 닿지 않던 제갈연이다.

이런 시각에 자신들을 찾을 것은 제갈연밖에 없다는 생각에 천영영의 얼굴에 기대감이 묻어났다.

그러나 길을 터 준 무사들 사이로 모습을 드러낸 이는 제갈연이 아니었다.

"뭐야? 연아가 아니었어?"

천영영이 실망한 얼굴을 하는데 소무결이 눈을 동그랗게 떴다.

"어라? 저 자식은……."

운현이 소무결의 시선을 따라갔다.

"왜? 누군데 그…… 어라? 저 자식 주진성 아니야? 저 자

245

식이 어떻게……."

아직 거리가 있어 얼굴을 확인하기는 어려웠지만 청성의
도복은 그가 주진성이라는 것을 어렴풋이나마 짐작하게 하
기에 충분했다.

이윽고 불빛에 얼굴마저 완벽한 모습을 드러나자 그가
주진성이라는 것을 확신하게 된 소무결이었다.

이제는 어느 정도 어린 태를 벗어 낸 주진성의 얼굴을 마
주한 소무결이 반색을 했다.

"진성이 이 자식, 어떻게 된 거야? 네가 어떻게 벌
써……."

그러나 소무결의 반색과는 달리 주진성의 얼굴은 딱딱하
게 굳어 있었다.

"그건 내가 묻고 싶은 말이거든? 너희들 대체 무슨 짓을
저지른 거야? 철무한이라니? 패천성이라니?"

"어? 네가 어떻게 그걸……."

"어떻게는 뭐가 어떻게야? 그것 때문에 맹이 아주 발칵
뒤집어졌는데 그걸 어떻게 몰라?"

주진성의 말에 소무결이 끙 하고 앓는 소리를 냈다.

대답이 궁한 소무결이 난감하다는 얼굴을 하고 있는데
주진성의 관심은 이미 소무결에서 멀어졌다.

주위를 휘휘 둘러보던 주진성이 원하는 것을 찾지 못하
자 다시 소무결을 쳐다봤다.

"근데 제갈연 어디 있어?"

"연아? 네가 연아를 왜 찾아?"

"왜긴 왜야? 내가 걔 때문에 돌아왔으니까 하는 말이지."

"그건 또 무슨 말이야? 연아가 왜? 네가 왜 걔 때문에 돌아와?"

소무결이 눈을 동그랗게 떴다.

그리고 주진성 역시 황당하다는 얼굴을 했다.

"너희들 제갈연이랑 친한 거 아니었어? 정말 몰라서 그래?"

"뭔 소리야? 그게 그거랑 무슨 상관인데?"

"당연히 상관이 있으니까 하는 말이지. 걔 혼인한대. 그런데 개랑 친하다는 너희들이 그걸 모른다고?"

"뭐, 뭐?"

소무결이 당황한 얼굴을 했다.

다른 이들 역시 소무결과 비슷한 얼굴을 하며 동요한 기색을 보였다.

주진성이 쯧 하고 혀를 찼다.

"맨날 붙어 다니는 것 같더니 진짜 몰랐나 보네."

그리고 주진성이 혀를 차는 소리에 가장 먼저 정신을 차린 천영영이 그를 쳐다보며 질문했다.

"누, 누구? 연아가 누구랑 혼인하는데?"

"팽가혁. 내가 그래서 돌아온 거거든."

❖ ❖ ❖

웃음을 참기 어려운지 연신 환한 얼굴을 하는 팽가혁에
반해, 제갈연은 어딘가 넋이라도 나간 듯 멍한 얼굴이었다.

그러한 복잡한 심사를 그대로 표현하는 듯한 얼굴은 환
담을 주고받던 팽도극과 제갈공이 이야기를 마무리할 때까
지 계속되었다.

그리고 제법 많은 시간을 할애한 끝에 이야기가 마무리
되자 팽도극이 자리에서 일어섰다.

"그럼 오늘은 여기까지 하기로 하지요. 나머지는 나중에
따로 만나 마무리 짓도록 합시다."

"그럽시다."

제갈공이 팽도극을 따라 자리에서 일어서며 그를 배웅하
는 모양새였다.

얼떨결에 그들의 뒤를 따르게 된 제갈연은 제갈공과 함
께 팽도극을 배웅한 후에 몸을 돌리려 했다.

그러나 팽도극이 멀어진 이후에도 남아 있던 팽가혁이
제갈연을 불렀다.

"제갈 소저……."

팽가혁이 말끝을 흐리는 듯한 목소리에 제갈공이 픽 웃
음을 보이며 모른 척 멀어져 갔다.

제갈공의 의도를 짐작한 제갈연이 작게 한숨을 내쉬었다.

그리고는 팽가혁을 돌아보며 목소리를 냈다.

"무슨 일이신지요?"

"다른 게 아니라…… 날도 좋은데 좀 걸었으면 어떨까
해서 말이오."

제갈연이 자신을 돌아보자 팽가혁을 화색이 가득한 얼굴
로 말했다.

그러나 제갈연이 딱딱한 얼굴로 고개를 저었다.

"죄송하지만 제가 지금 경황이 없어서."

제갈연의 거절에 팽가혁의 얼굴이 딱딱하게 굳어졌다.

그러나 제갈연은 그에게 신경을 쓸 여유가 없었다.

"그럼 전 이만."

냉정한 얼굴로 신형을 돌린 제갈연은, 어딘가 심기가 불
편해 보이는 팽가혁을 내버려 두고는 그대로 제 아비의 거
처로 향했다.

그러나 정작 그의 거처 앞에서는 제대로 목소리조차 나
오지 않는 제갈연이었다.

흔들리는 눈으로 제 아비의 거처를 쳐다보던 그녀가 이
내 입술을 꼭 깨물었다.

'이대로 물러서서는 안 돼!'

그리고는 마음을 다잡기라도 하려는 듯이 크게 심호흡을
했다.

몇 번의 심호흡을 거치자 머리가 차갑게 식어 내렸다.

제갈연이 그제야 제 아비를 불렀다.

"아버님, 연아입니다."

"들어오너라."

제갈공의 허락에 제갈연이 방문을 열었다.

조심스러운 몸가짐으로 들어서는 제 딸을 힐끔 쳐다본 제갈공이 자리를 내줬다.

"앉거라."

"감사합니다."

가볍게 고개를 숙인 제갈연이 여전히 조심스러운 몸가짐으로 제 아비가 권하는 자리에 앉았다.

그러나 밖에서 마음을 단단히 먹었던 것이 무색하게 그녀의 입은 쉽사리 벌어지지 않았다.

제갈공이 망설임이 가득한 제 딸을 향해 말했다.

"무슨 일이냐? 할 말이 있어 찾아온 것이 아니더냐? 그보다 가혁이 네게 할 말이 있는 것 같던데, 어떻게 된 것이더냐?"

"어…… 저 그게……."

여전히 망설이는 얼굴로 더듬더듬 목소리를 내는 제갈연.

그러던 그녀가 한순간 고개를 갸웃거렸다.

"어라?"

그녀의 모습에 제갈공이 의문을 품었다.

"왜 그러느…… 음?"

제갈공이 한 박자 늦게 제 딸과 같은 것을 느꼈을 때, 방문을 거칠게 열어젖히며 제갈곡이 안으로 들어섰다.

"형님!"

제법 급하게 달려온 듯 옷매무새가 흐트러져 있었고 숨결이 거칠었다.

제갈곡의 모습에 제갈공이 얼굴을 찌푸렸다.

"예의가 없구나. 지금 그것이 가주를 대하는 모습이더냐?"

"지금 그게 중요한 것이 아니지 않습니까? 팽가와 혼사라니요? 대체 이게 어떻게 된 일입니까?"

여전히 잔뜩 흥분한 기색의 제갈곡.

보다 못한 제갈연이 제갈곡을 진정시키려 자리에서 일어섰다.

"숙부님, 일단 진정하시고 앉아서……."

"너도 있었구나. 잘됐다. 얘기해 보거라. 너는 이 혼사를 받아들일 것이냐?"

"어…… 저 그게……."

갑자기 돌아온 화살에 제갈연이 당황한 기색을 보였다.

그러나 제갈곡은 이전과는 달리 제갈연을 몰아세웠다.

"어서 말해 보거라. 너는 어떻게 생각하느냐? 형님 뜻대로 이 혼사를 치를 것이냐?"

"그, 그게……"

제갈연이 당황한 기색을 감추지 못하며 제 아비의 눈치를 봤다.

그것을 어렵지 않게 알아챈 제갈곡이 재차 말을 이어 가려는데, 그보다 먼저 제갈공이 목소리를 냈다.

"아우가 뭔가 착각하는 게 있는 것 같은데."

"착각이라니요? 그게 무슨 말입니까? 그럼 소문이 잘못되었다는 말입니까?"

그럴 리가 없었다.

그것이 사실이 아니라면 오대세가 중 남궁세가를 제외한 나머지 세가들이 그 일로 들썩일 일이 없었기 때문이다.

"그것이 아니다."

제갈공이 고개를 저었다.

그리고는 느긋한 얼굴로 제갈곡과 시선을 맞추며 다시 목소리를 냈다.

"가주는 나다. 너희들의 생각이 중요한 것이 아니다."

"형님!"

제갈곡이 두 눈을 부릅떴다.

제갈연 역시 몸을 움찔 떨었다.

그러나 제갈곡은 별다른 동요가 없는 얼굴로 말을 이었다.

"그것이 싫다면 제갈이란 성을 떼면 된다."

❖ ❖ ❖

"밥이다."

철문 아래의 조그마한 구멍으로 주먹밥 몇 개가 내던져
지듯이 굴러 들어왔다.

철무한은 얼굴을 찌푸리면서 바닥을 구르는 주먹밥을 주
워 들었다.

그리고는 흙이며 먼지를 살살 털어 내더니 그중 몇 개를
눈을 감은 채 가부좌를 틀고 있는 명진을 향해 내밀었다.

"먹어."

철무한의 목소리에 명진이 살며시 눈을 떴다.

그리고는 철무한이 제법 신경을 썼음에도 여전히 자잘한
흙부스러기들이 붙어 있는 주먹밥을 건네받더니 망설임 없
이 베어 물었다.

그 모습을 확인한 철무한이 자신 역시 주먹밥을 베어 물
었다.

그러나 흙이 씹히는 느낌에 철무한이 얼굴을 찌푸렸다.

"밥은 곱게 줄 것이지."

불만이 가득한 얼굴이었지만 입안의 쌀알을 뱉어 내거나
하지는 않았다.

오히려 더 꼭꼭 씹어 넘기는 철무한이었다.

그러나 몇 개 되지 않은 탓에 장정 둘의 배를 채우기에

부족한 감이 있었다.

철무한이 아쉽다는 얼굴로 입맛을 다셨다.

그러나 가망이 없는 일에 매달리는 성격이 아니다.

얼른 그 아쉬움을 털어 낸 철무한이 명진을 쳐다봤다.

"혈도는 뚫었어?"

"그래."

명진의 대꾸에 철무한이 의외라는 얼굴을 했다.

"벌써? 내력 운용이 제법 늘었나 봐?"

명진이 별것 아니라는 얼굴로 고개를 저었다.

그리고는 약하게 들어오는 빛에 의지해 주위를 둘러봤다.

"빠져나가야 하는데……."

철무한이 고개를 저었다.

"무리, 무리. 내가 살펴봤는데 생각보다 벽이 두꺼운 것
같더라고. 칼질 몇 번으로는 안 될 것 같아."

명진이 말없이 철무한을 쳐다봤다.

그 눈빛의 의미를 알아챈 철무한이 어깨를 들썩이며 대
꾸했다.

"별수 있나? 죽이든 살리든 뭐라도 하려면 한 번은 꺼내
줄 테니, 그때 기회를 보는 수밖에."

철무한의 의도를 읽은 명진이 고개를 끄덕였다.

그러나 철무한은 아직 할 말이 남아 있었다.

"근데 나는 그렇다 쳐도 넌 대체 어떻게 하려고? 나랑 같이 튀면 분명 난리가 날 텐데……."

어쩌면 정무맹의 공적으로 몰릴지도 모를 일이다.

아니, 어쩌면이 아니라 필시 그렇게 될 것이다.

"너 대체 무슨 생각으로 여기 들어온 거야?"

철무한의 질문에 명진이 담담한 얼굴로 대꾸했다.

"내가 같이 들어오지 않았으면 네가 어떻게 될지 모르니까."

철무한 혼자 됐다가는 무슨 꼴을 당했어도 진작 당했을지도 모를 일이다.

그나마 명진 자신이 함께 있기에 고문 같은 것을 면할 수 있었던 것이다.

철무한이 픽 웃음을 보였다.

"내가 걱정돼서 들어왔다는 거네?"

철무한의 장난기가 가득한 눈빛에 명진이 시선을 돌렸다.

그리고 약하게 들어오는 빛을 쳐다보며 목소리를 냈다.

"약속했으니까. 이번에는 다 같이 오래 살기로."

명진의 말에 철무한이 머쓱한 얼굴을 했다.

그러나 오래지 않아 두 눈을 날카롭게 뜨며 목소리를 낮췄다.

"그러려면 정신 똑바로 차려야 할걸?"

철무한의 말이 끝나고 조금 시간이 지난 후.

끼이익 하며 철문이 열렸다.

그리고 예전의 철무한만큼이나 덩치가 큰 팽도명이 둘을 번갈아 쳐다보며 말했다.

"나와."

참룡
회귀록

斬龍回歸錄

斬龍回歸錄

참룡
회귀록

70 章.

보정각에 집합한 정무맹의 모든 주요 인사들.

개중에는 걱정스레 쳐다보는 시선도 존재했지만, 적의가 가득한 시선으로 자신들을 쳐다보는 이들이 더 많아 보였다.

그중에도 한쪽 구석에서 자리에 착석한 채 눈을 감고 있는 제 사부를 확인하자 괜히 미안한 감정이 들었다.

그러나 소무결은 감상에 젖어 있을 여유가 없었다.

뒤따르는 석대림의 어깨가 자신보다 먼저 축 늘어졌기 때문이다.

소무결이 석대림의 머리를 툭툭 두드렸다.

"괜찮아."

애써 석대림을 안심시키긴 했지만, 난감하기는 소무결 역시 마찬가지였다.

소무결이 석대림의 귀에는 들리지 않을 정도로 나직한 목소리로 중얼거렸다.

"까딱하면 잡아먹히겠는데……"

그것을 용케 잡아낸 운현이 소무결을 쳐다봤다.

"까딱하면이 아니라 정신 똑바로 차려도 잡아먹힐걸."

운현의 말에 소무결이 얼굴을 찌푸렸다.

"인마, 너도 같은 입장이거든? 꼭 지 일이 아니라는 투로……"

"그러니까 맘 편히 가지라는 거지. 발버둥 친다고 될 일도 아니고 이래 죽으나 저래 죽으나……"

운현이 어깨를 들썩였다.

그 때 천영영이 운현의 어깨를 툭 치며 말했다.

"근데 다리는 왜 그렇게 떨어? 긴장한 거 아니야?"

"아니거든! 내가 뭘!"

운현이 발끈하며 얼굴을 구겼다.

그 순간 이청강이 버럭 소리를 질렀다.

"이놈들! 예가 어디라고! 지금 네놈들의 처지를 알고나 있는 것이냐!"

이청강의 호통에 운현이 움찔 몸을 떨었다.

당소문이 그 곁을 스쳐 지나가며 픽 웃음을 보였다.

"어떻게 죽으나 똑같다며?"

그리고는 안내하는 무사의 뒤를 따랐다.

당소문의 뒷모습을 불만이 가득한 얼굴로 쳐다보던 운현은 이내 고개를 저으며 그 뒤를 따랐다.

그리고 멈춰 선 곳은 보정각의 한쪽 구석이었다.

심문을 받는 곳이 아닌 증언을 하는 자리.

당소문이 운현을 쳐다보며 저답지 않게 장난스런 얼굴로 말했다.

"아무래도 죽을 팔자는 아닌 것 같은데?"

운현이 고개를 저었다.

"명진이랑 무한이는? 내버려 둘 거야?"

당소문이 쩝 하고 입맛을 다셨다.

아무래도 상황이 상황이니 만큼 평소에는 장난기 많은 운현도 그럴 정신은 없는 것 같았다.

당소문이 어깨를 들썩였다.

"그럴 리가."

슬며시 고개를 돌리는 당소문을 쳐다보던 운현 역시 시선을 돌렸다.

그리고는 장내를 살피듯 한 바퀴 휙 둘러봤다.

운현이 눈을 반짝였다.

"어라?"

무언가를 발견한 운현이 소무결을 손가락으로 콕콕 찔렀다.

"야, 저기……."

공손도와 함께한 백운설을 발견한 것이다.

불안한 얼굴로 안절부절못하는 백운설을 향해 턱짓을 하는 운현에게 시선도 주지 않은 소무결이 고개를 끄덕였다.

"나도 알아. 그리고 저기 연아도 있다."

제갈연은 제갈공과 함께하고 있었는데, 백운설처럼 안절부절못하는 것은 그녀 역시 마찬가지였다.

운현이 볼을 긁적이며 중얼거렸다.

"쟤들도 편한 건 아닌가 본데?"

천영영이 알 만하다는 얼굴로 대꾸했다.

"당연하지. 쟤들이 더 좌불안석일걸? 같이 왔는데 쟤들만 빠진 거니까."

가볍게 고개를 끄덕인 운현이 이번에는 다른 것을 보고는 눈을 반짝였다.

"어라? 쟤들도 왔네?"

정각과 팽가혁 등 다른 조에 속한 후기지수들이었다.

그들을 물끄러미 쳐다보던 운현이 얼굴을 찌푸렸다.

"어째 표정들이 영……."

걱정이 가득한 얼굴의 주진성 정도를 제외하면 다들 비슷한 느낌을 주는 얼굴들이었다.

그나마 정각이 무표정을 유지하고 있었지만 나머지는 어딘가 모르게 잘됐다는 듯한 감정을 내비치고 있었다.

소무결이 운현을 툭 쳤다.

"내버려 둬. 지금 쟤들 신경 쓸 때 아니야."

"어쩨 기분이 나쁜데……."

"신경 끄라니까? 그보다 걔네들은 왜 안 보여? 아직 안 왔나?"

소무결이 고개를 휘휘 돌리며 명진과 철무한을 찾았다.

그 때 보정각 밖으로 느껴지는 꽤 많은 수의 인기척.

운현이 소무결을 툭 쳤다.

"야, 왔나 보다."

꽤 많은 수의 무사들에게 둘러싸여 있던 명진과 철무한이 보정각 안으로 들어섰다.

더 이상 자신들을 감싸지 않는 무사들을 힐끔 뒤돌아본 철무한이 쩝 하고 입맛을 다셨다.

"안 따라오니까 어쩨 더 불안한데?"

명진이 고개를 저었다.

"쓸데없는 소리."

그리고는 휘적휘적 걸음을 옮기는 명진이었다.

명진의 양손에 감긴 쇠고랑이 맞부딪치며 절그렁거리는 마찰음이 일었다.

철무한이 어깨를 들썩이더니 곧 명진과 같은 소리를 내며 그의 뒤를 따랐다.

먼저 보정각의 정중앙에 선 명진이 주위를 휙 둘러본 뒤 나직이 안도의 한숨을 내쉬었다.

다행히도 무당의 인사들이 보이지 않았기 때문이다.

철무한이 명진의 어깨를 툭 쳤다.

"왜 그래?"

"아니다. 그보다……."

고개를 저은 명진이 시선을 들었다.

그리고는 보정각의 유난히 높은 곳에서 한이현과 제갈곡을 좌우로 대동한 채 자신들을 내려다보고 있는 진산을 쳐다봤다.

잠깐 진산과 시선을 맞추던 명진이 고개를 숙였다.

"무당의 명진입니다."

"흐음……."

그러나 진산은 대꾸가 없었다. 대신 탐스럽게 자란 수염을 쓰다듬으며 요리조리 명진을 살펴봤다.

그 시간이 제법 길어지자 제갈곡이 헛기침을 하며 진산을 불렀다.

"험험, 맹주님."

"응? 왜 그러나?"

"다름이 아니오라, 그렇게 쳐다보기만 하시면……."

"아, 그게 말이야, 신기해서 그렇지. 과연 무당의 제자가 맞나 싶어서. 무당의 제자가 사마의 무리와 어울릴 이유가 없지 않은가?"

"맹주님!"

제갈곡이 당황한 얼굴로 급히 진산의 입을 틀어막으려
했다.

그러나 진산은 픽 웃을 따름이다.

"뭘 그렇게 놀라나? 내가 틀린 말을 한 것도 아닌데."

진산은 제갈곡의 대답도 듣지 않고 명진을 쳐다봤다.

"네가 대답해 보거라. 너는 무당의 제자가 맞느냐?"

출신을 의심당하자 명진이 얼굴을 찌푸렸다.

명진이 무언가 대꾸하려 할 때 철무한이 그의 어깨를 턱
짚었다.

명진이 철무한을 돌아봤다.

"왜?"

철무한이 어깨를 들썩이고는 명진을 밀치며 앞으로 나섰
다.

그리고는 시선을 들어 진산을 빤히 쳐다봤다.

황권이 코끝을 씰룩거리며 호통을 쳤다.

"이놈! 예를 갖추지 않는 것이냐?"

그러나 철무한은 픽 웃음을 흘릴 뿐이었다.

"좋은 인연으로 만난 것도 아닌데 예는 무슨. 그렇지 않
습니까?"

"이, 이놈이……!"

황권의 얼굴이 빨갛게 달아올랐다.

진산이 손을 들어 황권을 제지했다.

"계율원주는 그만하라."

"하지만 맹주님……."

"그만하래도. 저 친구 말대로 좋은 인연은 아니지 않은
가?"

그리고는 재미있다는 눈으로 철무한을 쳐다봤다.

"그래서 말인데 자네가 정말 패천성의 소성주가 맞는가?
아무리 생각해도 이상해서 말이야. 무당의 제자가 사마의
무리와 어울린다는 것은 아무래도 말이 되지 않으니까 말
일세."

"거, 자꾸 사마의 무리라고 하는데."

철무한이 기분 나쁘다는 얼굴을 했다.

그러나 이내 고개를 휘휘 저으며 다시 말했다.

"그렇게 치면 맹주도 마찬가지 아닙니까? 우리 아버지와
거래를 했으니."

철무한의 뜻밖의 발언에 일순간 진산의 입가가 딱딱하게
굳어졌다.

동시에 장내가 웅성거리며 약간은 소란스러워졌다.

그 순간 황권이 자리를 박찼다.

"감히 여기가 어디라고 그 따위 개소리를!"

황권의 고함 소리에 번쩍 정신이 드는 진산이었다.

진산이 이전처럼 부드럽게 입꼬리를 말아 올리며 말했다.

"재미있는 말을 하는구나. 내가 패천성주와 거래를 했다?"

"아닙니까?"

"그럴 리가 있겠느냐? 내가 왜 패천성주와 거래를 해야하나? 무엇이 아쉬워서?"

철무한이 어깨를 들썩였다.

"살고 싶으면 뭐라도 해야죠."

"뭐라고?"

진산이 얼굴을 찌푸렸다.

철무한이 진산과 시선을 똑바로 맞추며 히죽 웃음을 보였다.

"우리 아버지가 그렇게 만만해 보입니까? 손 안에 들어온 정무맹주가 도망가도록 내버려 둘 정도로?"

철무한이 휙 몸을 돌리며 진산에게 등을 보였다. 그리고는 장내를 가득 메운 인사들과 하나하나 눈을 맞추며 말했다.

"정무맹주가 절강에 들어왔다. 우리 아버지가 순순히 보내 주실 분입니까? 알 만한 분들이 왜 이러십니까?"

일이 고약하게 꼬여 갔다.

장내의 웅성거림이 조금 더 심해졌다.

일단은 동요를 가라앉혀야 할 필요성이 있다 생각한 진산이다.

진산이 짝 하고 손뼉을 쳤다.

내력이 실린 소리에 모든 이들의 시선이 일제히 진산을 향했다.

진산이 그들의 시선을 받아넘기며 고개를 끄덕였다.

"패천성주와 한 방향에 선 적은 있소. 그때는 공통의 적이 있었던 터라…… 하지만 결코 거래는 없었소. 그것은 저기 있는 당화기 장로와 이청강 장로, 그리고 개방의 홍 방주가 증언해 줄 것이오."

몸이 크게 상해 자파로 돌아간 목영과 정허를 제외하고 그 자리에 있었던 주요 인사들을 하나하나 짚는 진산이었다.

난감한 얼굴을 하는 당화기와 여전히 눈을 감고 있는 홍소천.

그들을 대신해 이청강이 고개를 끄덕였다.

"맹주의 말이 맞습니다. 그들과 한 방향에 선 것은 맞지만, 그것은 공통의 적 때문에 잠시 그러한 것입니다. 당 장로, 그렇지 않소?"

이청강의 말에 당화기가 얼굴을 찌푸렸다.

그러나 자신이 알고 있는 부분에서 틀린 곳은 없었다.

당화기가 떨떠름한 얼굴로 고개를 끄덕였다.

"그렇긴 합니다만……."

당화기의 옆에 있던 용봉관주 적송이 의문을 품은 눈으로 당화기를 쳐다봤다.

"공통의 적이라니? 그게 누구요?"

그러나 이번에도 손뼉을 짝 하고 치며 주의를 끄는 진산이었다.

"그 얘기는 나중에 본인이 따로 설명해 주겠소. 그보다 먼저……."

진산이 곱지 않은 눈으로 철무한을 쳐다봤다.

"교활한 놈이로구나. 이런 식으로 분란을 만들려 할 줄이야."

철무한이 어이가 없다는 눈으로 진산을 쳐다봤다.

"교활? 내가?"

그러나 곧 고개를 절레절레 저었다.

"어차피 듣고 싶은 것만 듣고 보고 싶은 것만 볼 생각 아닙니까? 됐습니다. 더 얘기할 것 없겠습니다."

"그럼 정무맹을 염탐하려 왔다는 것을 시인하는 것이냐?"

"친구 집에 놀러왔다고 해도 믿지도 않을 테고…… 뭐, 그렇다고 합시다."

"호오, 체념한 것이냐?"

진산이 이전처럼 수염을 쓰다듬으며 질문했다.

철무한이 히죽 웃음을 보였다.

"체념이요?"

그리고는 장내를 휙 둘러보고는 다시 말했다.

"내가 도망쳐 본 횟수가 꽤 늘어서 이 숫자면 체념은 안해도 될 것 같은데."

도발하고자 함이 다분한 표정과 말투였다.

참을성이 부족한 이청강이 자리에서 벌떡 일어섰다.

"이런 건방진! 씹어 먹어도 시원찮을 놈이 못 하는 말이 없구나! 내 이놈을 당장!"

그리고는 불편한 다리를 이끌고 단번에 몸을 날리려는 순간.

철그럭! 철그럭!

무언가가 요란한 소리를 내며 철무한의 발 앞으로 툭툭 떨어졌다.

거무튀튀한 쇠사슬을 확인한 이청강이 눈을 동그랗게 떴다.

"응?"

철무한이 히죽 웃으며 뻐근한 손목을 주물렀다.

"단목수가 또 이런 데는 유용한 무공이지."

그리고는 명진을 돌아봤다.

"쇠사슬은…… 어? 벌써 끊었나?"

명진이 고개를 끄덕이며 끊어진 쇠고랑을 아무렇게나 내

던졌다.

이전처럼 절그럭 소리를 내며 좌중의 시선을 잡아끌었다.

그리고 그것은 진산 역시 마찬가지였다.

다만 진산의 두 눈은 다른 이들처럼 당황이 아니라 감탄을 담고 있었다.

"허어, 제법……."

그러나 그것도 잠시, 진산이 마음을 굳혔다.

"살려 둬서는 안 될 놈들이로군. 한 대주."

진산의 부름에 백룡대주 한이현이 한 걸음 앞으로 나섰다.

진산이 명진과 철무한을 향해 턱짓을 했다.

"죽이게."

한이현이 고개를 끄덕이고는 한 걸음 앞으로 나섰다.

그와 동시에 장내를 메운 주요 인사들의 한 걸음 뒤에서 대기하고 있던 백룡대가 일제히 앞으로 나서는 형국이었다.

사방에서 살기가 매섭게 뻗어 나오며 명진과 철무한을 향해 집중되었다.

철무한이 휘파람을 불었다.

"휘유, 거참 살벌하네. 하는 짓만 보면 백룡대인지 흑호대인지 구분이 안 되겠어?"

철무한의 말에 한이현의 눈썹이 꿈틀거렸다.

그러나 철무한은 여전히 여유가 있었다.

오히려 긴장한 것은 소무결 등이다.

그리고 그 긴장감을 참지 못한 운현이 으드득 이를 갈며 몸을 날렸다.

"젠장!"

철무한이 제 옆에 툭 떨어지는 운현을 확인하고는 눈을 동그랗게 떴다.

"어? 너?"

그와 동시에 세 개의 인영이 툭툭툭 떨어졌다.

그리고 한 박자 늦게 떨어지는 유난히 무거워 보이는 소리.

석대림이 운현을 쳐다봤다.

"혀, 형님!"

그 말에 석대림을 비롯한 제 친구들을 돌아보며 고개를 끄덕인 운현이 빠득빠득 이를 갈며 소리쳤다.

"제길! 같이 죽자!"

홍소천이 여전히 눈을 감고 있는 가운데 적송과 당화기가 당황한 얼굴로 목소리를 높였다.

"우, 운현아!"

"소문이 네 이놈!"

그런 두 사람의 모습을 보며 천영영이 조금은 섭섭한 얼굴을 했다.

몸이 불편한 탓에 아미산으로 돌아간 정허가 그리웠던 탓이다. 그러나 한편으로는 그것이 다행이라 여겼다.

오래지 않아 고개를 저어 그러한 기색을 지워 낸 천영영이 난감하다는 얼굴로 운현을 쳐다봤다.

"우리 지금 무기도 없는데……."

명진이나 철무한처럼 쇠고랑을 차지는 않았지만 무기는 모조리 압수당한 상황.

맨손으로 싸우는 법을 모르는 것은 아니지만 검을 쓸 때만큼은 아니었기에 백룡대를 상대할 자신이 없었다.

그것은 소무결이나 운현 역시 마찬가지였다.

철무한이 한숨을 후 쉬며 말했다.

"그러니까 구경이나 할 것이지 뭐하러 튀어나와?"

운현이 얼굴을 찡그렸다.

"이 자식이 지금 그걸 말이라고. 너 같으면 보고만 있을 수 있겠어?"

"야 인마, 그래도 가릴 건 가려야지. 갑자기 이렇게 튀어나오면 같이 죽자는 것밖에 더 되냐? 우리 도망도 못 친다고!"

"이 자식이 누굴 짐 덩어리 취급이야? 내 앞 길은 내가 가리거든!"

"가리긴 무슨! 너희들이 무슨 수로 빠져나갈 건데? 방법은 있고?"

"방법이 어디 있어? 그냥 들이박는 거지."

운현이 뻔뻔한 얼굴로 대꾸했다.

철무한이 기가 차다는 얼굴로 운현을 쳐다봤다.

"미친놈."

그 때 진산이 재미있다는 얼굴로 한자리에 몰려있는 후기지수들을 내려다봤다.

"호오, 같이 죽겠다고?"

그 말에 운형 등은 그저 입술을 꼭 깨물고 노려보기만 할 뿐이었다.

그래도 정무맹주라고 함부로 말을 쏟아 내지 못했던 게다.

그 때, 당화기가 급하게 소리를 높였다.

"맹주! 아직 아이들이 철이 없어서 그렇소! 아직 철이 없어서⋯⋯!"

적송도 그에 뒤질세라 목소리를 높였다.

"맞소이다, 맹주! 아직 혈기가 지나쳐서⋯⋯ 이 놈아! 무엇하고 있느냐! 어서 무릎 꿇지 않고!"

적송이 눈을 부라리며 운현을 쳐다봤다.

반면 운현은 조금도 흔들리는 얼굴이 아니었다.

"사숙, 정말 미안한데요⋯⋯."

"시끄럽다, 이놈아! 얼른 죄를 고하란 말을 듣지 못하였느냐!"

새빨갛게 달아오른 얼굴로 다그치는 적송을 보자 괜히 미안한 마음이 드는 운현이었다.

그러나 운현은 여전히 고개를 저을 뿐이었다.

"이, 이놈이!"

적송이 당장이라도 뛰쳐나갈 듯한 자세를 취했다.

그 때 당화기가 팔을 뻗어 적송을 만류했다.

"잠시만."

"왜 이러시오?"

당화기는 적송에게 가볍게 고개를 저어 주고는 당소문을 쳐다봤다.

"너도 같은 생각이냐?"

"그렇습니다. 의를 저버릴 수는 없지 않겠습니까?"

망설임이 없는 짧은 대꾸에 고집이 보였다.

당소문만이 아니다.

천영영이나 소무결 역시 마찬가지였다.

이래서는 말릴 수가 없다.

당화기가 후 하고 한숨을 내쉬었다.

"형님께서 같이 왔어야 하는 것을……"

일이 있다고 자리를 비운 당화문이 못내 아쉬운 순간이었다.

당화기가 결국은 고개를 돌려 버렸다.

적송이 당황한 얼굴로 당화기를 붙잡았다.

"아니, 이렇게 물러서면 어쩌자는 말이오? 이대로 보고만 있을 거요?"

"애들이 아닙니다."

"뭐, 뭐요?"

"애들이 아니라 했습니다. 본인들이 옳다 생각해 행동하는 것을 어떻게 말리겠습니까?"

당화기가 마지막으로 한 번 더 당소문을 쳐다봤다.

"시신은 꼭 거두어 주마."

"감사합니다."

숙질간의 대화를 듣고 있던 철무한이 황당하다는 얼굴을 했다.

"이게 끝이야?"

철무한의 시선을 받은 당소문이 어깨를 들썩였다.

말이 안 통할 것 같았다.

철무한이 혹시나 해서 당화기에게 시선을 돌렸다.

그러나 그는 어느새 멀찍이 물러나 다른 곳을 쳐다보고 있었다.

철무한이 저도 모르게 헛웃음을 흘리려는 찰나.

툭.

자그마한 인기척과 함께 불쑥 치솟아 오르며 나타나는

호리호리한 인영.

철무한이 그를 쳐다보며 얼굴을 와락 구겼다.

"넌 또 왜?"

물음을 던짐과 동시에 들려오는 제갈곡의 다급한 음성.

"연아야!"

그러나 제갈연의 시선은 두 사람을 향하지 않았다.

제갈연이 제 아비와 눈을 맞췄다.

제갈공이 눈매를 좁혔다.

"지금 네 행동이 무엇을 의미하는지 아느냐?"

제갈공의 싸늘한 목소리에 제갈연의 눈동자가 흔들리는가 싶더니 오래지 않아 제자리를 찾아갔다.

제갈연이 말없이 고개를 숙였다.

그것으로 제갈연의 의사를 읽은 제갈공은 으드득 이를 가는가 싶더니, 한순간 이전과 같이 웃음기를 띤 얼굴로 고개를 끄덕였다.

"알겠다. 절이 싫어 중이 떠나가겠다는데 잡을 수는 없지. 이 순간부터 너는 우리 가문의 사람이 아니다."

제갈연의 가녀린 목덜미가 작게나마 흔들리는 것을 똑똑히 지켜본 철무한이다.

철무한이 당황한 얼굴로 끼어들려는 찰나, 그보다 제갈곡이 먼저였다.

"형님! 그게 대체 무슨 소리입니까?"

그러나 제갈공은 그에게 시선조차 주지 않았다.

이제는 완전히 남인 듯 감정이 전혀 실리지 않은 눈으로 제갈연을 노려보기만 했다.

제갈곡이 다급한 얼굴로 제갈연을 찾았다.

"네가 왜 거기에 있는 것이냐! 당장 이리로 오지 못하겠느냐!"

그러나 이번에도 반응이 없었다.

제갈연의 눈매에도 고집이 가득했다.

철무한이 명진을 툭툭 쳤다.

"야, 어떻게 좀 해 봐."

그러나 명진 역시 제 나름의 사정이 있었다.

명진이 미동도 하지 않자 의아함을 느낀 철무한이 명진의 시선을 따라갔다.

"왜? 거기 뭐가…… 어라?"

철무한의 시선 끝에는 공손도에게 단단히 손목을 붙잡힌 채 울상을 하고 있는 백운설이 있었다.

그 모습을 보고 철무한이 쩝 하고 입맛을 다셨다.

일전에 모용기에게 들은 이야기가 떠올랐기 때문이다.

철무한의 눈빛이 제갈공의 그것처럼 조금은 싸늘하게 변해 갔다.

'저래서 안 되는 거였네.'

그 때 명진이 철무한을 툭 쳤다.

철무한이 명진을 쳐다봤다.

"왜?"

"죽을 생각 없다. 정신 똑바로 차려."

철무한이 끙 하고 앓는 소리를 내더니 어느새 차갑게 얼굴을 굳히며 고개를 끄덕였다.

"나도 마찬가지다."

재밌다는 얼굴로 철무한과 명진 등을 내려다보던 진산이 시선을 돌렸다.

당화기는 여전히 시선을 돌리고 있었고, 적송은 걱정이 가득한 얼굴이었다.

제갈곡은 적송보다 더 다급한 얼굴로 진산에게 매달렸다.

"맹주! 어떻게 좀 해 주십시오! 우리 연아 좀……!"

진산은 곤란하다는 얼굴로 고개를 저었다.

"나보다 자네 형을 설득해야 하지 않겠나? 내가 어떻게 할 문제가 아닌 것 같네."

거절의 의사를 명확하게 표현한 진산이 냉정하게 고개를 돌렸다.

진산의 두 눈이 굳이 일을 크게 벌여야 했던 이유를 찾았다.

여전히 두 눈을 감고 있는 홍소천.

진산이 쩝 하고 입맛을 다셨다.

'생각보다 독한데…….'

제 제자를 인질로 잡고 협박하고 있음에도 오래 버티고 있었다.

매일 실없는 농담이나 던지던 그 홍소천이 아니었다.

그러나 그보다 더 독한 것이 자신이다.

그 정도가 아니었다면 이 자리에 오르지도 못했을 것이다.

이내 시선을 돌린 진산이 소무결 등의 합류로 인해 자신의 명을 기다리고 있던 한이현을 바라보며 고개를 끄덕였다.

"정리하게."

그리고는 자리에서 벌떡 일어섰다.

진산이 자리를 뜨기 전에 마지막으로 한 번 더 홍소천을 힐끔 쳐다봤다.

그리고 그 순간 홍소천이 두 눈을 번쩍 떴다.

자리를 뜨려던 진산의 입꼬리가 조금은 치켜 올라갔다.

그러나 어느새 표정을 정리하며 걸음을 옮기려 할 때.

"맹주."

한 목소리가 그의 발길을 붙잡았다.

그러나 진산이 기다리던 목소리가 아니었다.

미간을 찌푸리던 진산이 얼른 얼굴을 고치며 제갈공을 돌아봤다.

"제갈 가주가…… 할 말이 더 남았소?"

제갈공이 고개를 끄덕이더니 제갈연을 힐끔 쳐다봤다.

"아무래도 가문의 일은 제가 나서는 게 나을 것 같아서
말입니다."

오싹 소름이 돋을 만큼 섬뜩한 의미의 말이었다.

제갈곡이 하얗게 질린 얼굴로 진산보다 먼저 목소리를
높였다.

"형님! 형님께서 어떻게……!"

그러나 차갑게 고개를 젓는 제갈공이었다.

"네가 나설 자리가 아니다."

자신을 물끄러미 쳐다보는 제갈공의 시선에 진산이 고개
를 끄덕였다.

"그렇게 하시오."

"맹주!"

그러나 제갈곡은 백룡대원들에게 막혀 진산에게 접근조
차 허락되지 않았다.

진산이 고개를 끄덕였다.

"군사를 모시게."

그 말이 떨어지기가 무섭게 강제로 제갈곡을 끌어내는
백룡대원들이었다.

"맹주! 이게 무슨 경우란 말입니까! 형님! 그래서는 안 됩
니다! 형님!"

제갈곡의 목소리가 메아리치듯 점점 더 멀어져 갔다.

그리고 스르릉 검을 뽑아 드는 제갈공의 모습에 진산은 자리를 피하려던 것도 잊은 채 멍하니 쳐다보기만 했다.

오히려 팽가혁이 다급한 얼굴로 한 걸음 나서려 했다.

"제, 제갈 가주님! 그래서는……!"

그러나 두터운 팔뚝이 제 앞을 턱 가로막는 통에 원하던 바를 이루지 못한 그였다.

팽가혁이 다급한 얼굴로 팔의 주인을 찾았다.

"아버지! 말려야 합니다!"

그러나 팽도극의 얼굴은 제갈공과 비슷하게 싸늘하기만 했다.

"타 가문의 일이다. 우리가 무슨 자격으로?"

"아버지!"

팽도극이 제 아우인 팽도명을 찾았다.

"아우, 이 녀석을 데리고 나가게."

"알겠습니다. 가자."

팽도극 못지않게 두툼한 팔뚝이 우악스럽게 팽가혁을 끌어당겼다.

버텨 보려 하지만 소용없는 일이다.

"아버지! 제갈 가주님!"

팽가혁의 목소리 역시 제갈곡의 그것처럼 메아리치듯 멀어져 갔다.

장내가 정리되자 제갈공의 시선이 다시 제갈연에게로 향했다.

이제는 아예 살기까지 실었는지 피부가 따끔따끔했다.

제갈연이 제갈공의 시선을 피하지 않고 입술을 꼭 깨물려 할 때, 넓은 등이 그녀의 시선을 가로막아 버렸다.

"어? 철 공자?"

"애가 왜 그렇게 주눅이 들어 있었나 했더니, 그럴 만도 하네. 이래서 가정환경이 중요한 거라고."

철무한이 제갈연을 뒤돌아보지도 않고 중얼거렸다.

자신의 앞길을 막는 철무한의 모습에 제갈공이 싸늘한 얼굴로 목소리를 냈다.

"비켜라."

"그럴 거였으면 애초에 막지도 않았겠지. 머리 좋다고 소문난 제갈이 그것도 몰라?"

제갈공에게는 존대도 하지 않는 철무한이었다.

제갈공이 이를 갈았다.

"건방진 놈. 관을 봐야 눈물을 흘리겠구나."

"내가 그런 말 많이 들었는데, 실제로는 상대가 관을 보고 눈물을 흘리더라고. 아! 아닌가? 죽고 나면 눈물을 흘리고 말고도 없지 않나?"

여전히 여유가 가득한 얼굴로 고개를 갸웃거리는 철무한이었다.

더는 참지 못한 제갈공이 휙 몸을 날렸다.

"이놈!"

좁은 공간이라 단번에 거리가 좁혀졌고, 예상치 못한 순간에 새파란 검기가 치솟아 오르며 단번에 철무한의 목줄을 노렸다.

그러나 제갈공이 원하는 것과는 제법 거리가 있었다.

깡!

"응?"

자신이 원하던 소리가 아님에 제갈곡이 조금이지만 당황한 얼굴을 했다.

그리고는 철무한의 손을 단단히 감싸고 있는 유형화된 내력의 덩어리에 저도 모르게 두 눈을 동그랗게 떴다.

"그, 그건……!"

철무한이 히죽 웃음을 보이더니 제 손에 잡힌 검을 쭉 끌어당겼다.

그 힘을 버티지 못한 제갈공이 반사적으로 검을 놨다.

원하는 바를 얻은 철무한이 아무렇게나 검을 던졌다.

그리고 제 앞에 꽂힌 채 검신을 부르르 떠는 날카로운 검의 모습에 운현이 얼떨떨한 얼굴을 했다.

"이, 이건……."

"검 필요하다며. 써."

철무한의 덤덤한 목소리에 운현이 얼굴을 찌푸렸다.

"이런 걸 원한 게 아닌데……."

그러면서도 검병에 손을 가져가는 운현이었다.

그리고 그 순간 울려 퍼지는 몇몇 개의 목소리.

"엇!"

"이, 이런!"

검은 그림자가 휙휙 지나가는가 싶더니, 이내 검집만 남긴 채 제 손에 들려 있던 검이 자취를 감춰 버렸다.

그와 동시에 세 개의 검과 하나의 도, 그리고 또 하나의 철봉이 보정각의 바닥에 푹푹 박혀 들었다.

명진이 당황스러움을 감추지 못하는 친구들을 돌아보며 고개를 끄덕였다.

"하나씩 써라."

철무한이 당황하는 정무맹의 인사들을 쳐다보며 히죽 웃음을 보였다.

"그래서 내가 그랬잖아. 이 정도로는 안 된다고."

제 앞에 박힌 도를 뽑아 든 철무한이 수중에 들린 것을 아무렇게나 휙휙 움직였다.

그 짧은 움직임만으로도 도의 무게 중심을 잡기에 충분했던 철무한이 이전보다 한 걸음 더 물러서 있는 제갈공을 보며 픽 웃음을 보였다.

"누굴 죽이겠다고? 연아를? 아서. 쟤한테 일 생기면 진짜 미쳐 날뛸 인간이 둘 있는데, 그중 하나만 설쳐도 제갈이

지워질지도 모르니까."

철무한이 딱딱하게 표정을 굳힌 제갈공을 보며 히죽 웃음을 보였다.

"당장이라도 덤빌 듯이 굴더니 뭐 하고 있어, 아저씨? 안 덤벼?"

"네놈……."

철무한의 빈정거리는 목소리에 제갈공이 으드득 이를 갈았다.

그러나 철무한에게 함부로 덤벼들지는 않았다.

무엇보다 상황 파악에 능숙했기 때문이다.

제 손의 검을 손쉽게 앗아 간 것을 보고 자신보다 윗줄의 고수란 것을 단박에 알아챈 것이다.

철무한이 제자리에서 이만 갈고 있는 제갈공을 재차 도발하려는 찰나, 소무결이 철무한을 힐끔 돌아보며 말했다.

"야 인마, 그래도 연아 아버진데……."

"아버지는 개뿔. 세상의 어떤 아버지가 제 딸내미를 죽이려고 해? 잘못했으면 몇 대 쥐어박으면 될 일이지, 죽인다는 게 말이나 되냐? 그런 건 너희들이 극악무도하다고 하는 우리 패천성에서도 안 하는 짓이거든?"

소무결이 할 말이 없는지 끙 하고 앓는 소리를 냈다.

철무한이 싸늘한 눈으로 주위를 휙 둘러보더니 쯧 하고
혀를 찼다.

"그걸 하겠다는 인간이나 한다고 눈감아 주는 인간들이
나…… 개도 제 새끼는 아끼는 법인데……."

철무한의 말에 느낀 것이 있었던지 장내가 조금은 진정
이 되는 느낌이었다.

그러나 이럴 때 앞장서는 것은 항상 이청강이었다.

"뭣들 하고 있나? 어서 처리하지 않고! 언제까지 시간을
끌 것인가?"

이청강의 두 눈이 단 위의 한이현에게로 향했다.

그러나 한이현은 이청강에게 전혀 관심을 주지 않았다.

조금은 가라앉은 눈으로 철무한을 뚫어져라 쳐다보는 한
이현을 진산이 툭 쳤다.

"빨리 처리하게."

그 말에 한동안 미동도 없던 한이현이 그제야 반응을 했
다.

스르릉 검을 뽑아 든 한이현이 툭 바닥을 찍자 불쑥 튀어
나오듯이 철무한과 제갈공의 사이를 끊어 버렸다.

용이 수놓인 새하얀 장포를 확인한 철무한이 호기심을
보였다.

"백룡대주 한이현?"

그러나 한이현은 대꾸가 없었다.

등골이 오싹할 정도로 살기를 흘리며 철무한을 노려볼 뿐이었다.

그 때 운현이 힐끔 돌아보며 대답했다.

"백룡대주는 말을 안 해."

못하는 것이 아니라 안 하는 것이다.

그 의미를 알아들은 철무한이 가볍게 휘파람을 불며 물끄러미 내려다보고 있는 진산을 쳐다봤다.

"지독하네. 뭔가 구린 게 많은가 봐."

"건방진 놈이로고."

"그래도 난 사람 새끼라서 말이야. 누구들처럼 딸내미 죽이려고 하는데 눈감고 있지는 못하거든."

픽 웃으며 대꾸하는 철무한을 보며 진산이 얼굴을 찌푸렸다.

그리고는 한이현을 쳐다보며 목소리를 냈다.

"뭐 하나? 빨리 처리하지 않고."

그 순간 한이현이 푹 꺼지듯 사라졌다.

그와 동시에 철무한의 도가 쭉 선을 그었다.

쩡!

귀를 때리는 강렬한 소리와 함께 한이현이 쭉 밀려났다.

시큰거리는 손목을 툭툭 털며 의외라는 얼굴로 철무한을 쳐다보던 한이현이 한순간 얼굴을 딱딱하게 굳혔다.

검을 타고 흘러드는 이질적인 진기.

본능적으로 내력을 끌어올린 한이현의 주변으로 파지직 하며 기파가 훅 몰아쳤다.

한 호흡으로 철무한의 진기를 몰아낸 한이현이 이전보다 더 날카로운 눈으로 철무한을 노려봤다.

철무한이 히죽 웃음을 보였다.

"감은 좋은데? 그런데 다 막아 내는 건 쉽지 않을걸?"

말을 끝냄과 동시에 철무한이 바닥을 콕 찍었다.

한이현이 그랬던 것처럼 철무한의 신형이 푹 꺼지듯 사라졌다.

쩡!

병장기 소리가 보정각을 가득 메웠다.

모두의 이목을 끌기에 부족함이 없을 정도였다.

그러나 명진은 철무한과 한이현에게 관심도 주지 않은 채 주위를 살피기에 여념이 없었다.

정무맹의 장로들과 오대세가의 가주들, 거기에 백룡대의 대원들까지 합쳐져 꽤나 막강한 전력이었다.

'곤란하군.'

철무한과 자신 둘이라면 모를까 나머지 친구들까지 챙기려니 어렵다 느낀 것이다.

명진이 미간을 좁히자 그 의중을 눈치 챈 윤충이 목소리를 냈다.

"무슨 생각을 하는 거지? 빠져나갈 궁리라도 하는 건가?"

방만하게 팔짱을 낀 자세의 윤충은 몇 년 만에 본 것임에도 겉모습엔 그리 큰 변화가 없었다.

반면 잘 벼려진 한 자루의 검처럼 싸늘한 예기를 흘리는 기도는 언뜻 보기에도 달라져 있었다.

명진이 말없이 검을 들었다.

윤충이 팔짱을 풀며 눈썹을 꿈틀거렸다.

"건방진…… 헛!"

한순간 눈앞에서 번쩍이는 검광에 윤충이 기겁을 하며 몸을 틀었다.

서늘한 검 끝이 목덜미를 스치며 팟 하고 핏물이 튀었다.

유호진이 주춤주춤 물러서는 윤충을 보며 당황한 얼굴을 했다.

"사, 사숙!"

그러나 탁 하고 유호진의 손길을 물리치는 윤충이었다.

목덜미를 타고 주르륵 흘러내리는 핏물을 슥 닦아 낸 윤충이 명진을 쳐다보며 빠드득 이를 갈았다.

"빌어먹을……."

그리고는 제 검으로 손을 가져가는 윤충이었다.

극쾌를 자랑하는 점창의 사일검법.

단 한 번의 발검으로 상대의 명줄을 움켜쥐는 지극히 위험한 검을 비로소 꺼내 들려는 것이다.

그러나 명진은 조금도 긴장한 얼굴이 아니었다.

오히려 약간의 호기심이 깃든 모습.

그것을 알아본 윤충이 다시 한 번 빠드득 이를 갈았다.

"오냐. 어디 받아 봐라."

말이 끝남과 동시에 끄그극 하며 쇠 긁는 소리가 요란하게 울리더니 새파란 검광이 한순간에 명진의 눈앞에서 모습을 드러냈다.

새파란 검기에 둘러싸인 검이 잔상조차 남기지 않을 정도의 무서운 속도로 날아든 것이다.

그러나 명진은 어딘가 흥이 식은 얼굴이었다.

슬쩍 한 걸음 물러선 명진이 천천히 검을 들어 올렸다.

그 순간 윤충이 당황한 얼굴을 했다.

"응?"

자신의 아래로 향한 검면을 정확히 짚는 명진의 검.

쩡 하는 소리와 동시에 윤충의 검이 툭 튀어 올랐다.

퍽!

"컥!"

명진의 일권에 윤충이 답답한 신음 소리와 함께 주르륵 밀려났다.

"사, 사숙!"

이번에도 유호진이 당황하며 다가섰지만 더 이상 그의 손길을 물리칠 힘도 없는 윤충이었다.

그 자리에 털썩 주저앉은 윤충이 왈칵 피를 토했다.

"쿨럭!"

"사숙!"

유호진이 급하게 윤충을 끌어안았다.

그 모습을 본 좌중의 얼굴에 당황이 깃들었다.

"저, 저런!"

"말도 안 돼! 윤 장로가 저런 애송이에게!"

제법 중견 고수로 명성을 날리는 윤충이 그가 자랑하는 사일검을 썼음에도 일합도 버티지 못하고 무너진 것은 상당한 사건이었다.

백룡대주 한이현과 대등하게 겨루는 철무한을 보고 느꼈던 감정보다 더한 충격이었다.

정무맹 최고의 기재라 이름을 날리는 명진이라도 아직은 애송이에 불과하다고 생각했기 때문이다.

그리고 그것은 진산 역시 마찬가지였다.

"이제 보니 애송이들이 아니었군."

진산이 미간을 좁혔다.

명진을 잡으려면 자신이 직접 나서야 함을 직감한 탓이다.

아무래도 면이 살지 않는다.

진산이 어쩔까 잠시 고민하던 그때 그의 고민을 덜어 준 이가 있었으니, 바로 하북팽가의 가주 팽도극이었다.

팽도극이 거무튀튀한 도신에 아홉 마리의 용이 새겨진 구룡도를 뽑아 들고 한 걸음 앞으로 나섰다.

"제법이구나."

그러나 명진의 시선은 그를 향하고 있지 않았다.

오로지 팽도극의 손에 들린 구룡도에만 향해 있었다.

"구룡도는 제 친구의 것입니다만."

명진의 말에 팽도극이 픽 웃음을 보이며 말했다.

"어디 되찾아 가 보거라."

그와 동시에 팽도극이 팟 하며 몸을 날렸다.

육중하게 떨어져 내리는 제 친우의 도에 명진이 검을 비스듬하게 들었다.

이번에도 쇠와 쇠가 맞부딪치는 소리가 요란하게 울려 퍼지더니 명진의 검을 타고 흘러내린 구룡도가 바닥을 찍었다.

쾅!

돌 부스러기며 흙먼지 따위가 요란하게 치솟아 올랐다.

명진이 두 눈을 가늘게 뜨고 그 사이로 검을 찔러 넣으려는 찰나!

쉭 하고 유형화된 도기가 불쑥 튀어나왔다.

"흡!"

급하게 숨을 들이켠 명진이 검을 들었다.

쾅!

강렬한 폭음이 터지더니 명진의 신형이 주르륵 밀려났다.

여전히 자세를 무너트리지 않은 명진을 쳐다보며 팽도극이 나직하게 목소리를 냈다.

"그 나이에 검기까지? 그래도 쉽지 않을 것이다."

소리 없이 웃음을 흘리는 팽도극의 모습에 어금니를 악문 명진이 이번에는 먼저 몸을 날렸다.

쾅!

정무맹 최고의 고수들로 명성이 자자한 한이현과 팽도극.

그들과 맞서 한 치도 물러서지 않는 명진과 철무한의 모습에 좌중이 넋을 놨다.

다른 이들과 마찬가지로 그들의 싸움을 물끄러미 쳐다보고 있던 운현이 한순간 얼굴을 찡그렸다.

"이거 무한이 자식 말대로 진짜 짐 덩어리가 된 기분인데……."

자신들이 아니라면 빠져나갈 수 있다는 철무한의 말을 흘려들었던 운현이었다.

그러나 이제는 그 말이 사실일지도 모른다는 생각이 들었다.

정면으로 부딪치지 않고 약한 곳을 찾아 뚫어 낸다면 충분히 승산이 있을 것이라 생각한 것이다.

운현과 같은 생각이던 소무결이 끙 하고 앓는 소리를 내더니 운현을 향해 눈을 흘겼다.

"그러게, 괜히 나서 가지고……."

"그럼 보고만 있어? 넌 그게 되냐?"

당연히 되지 않는다.

그래서 소무결 자신도 함께한 것이다.

가볍게 고개를 저은 소무결은 다른 곳으로 시선을 돌렸다.

그러나 여전히 막막할 따름이었다.

보정각의 입구를 막아선 제법 많은 수의 무사들.

그들은 큰 문제가 아니지만 자신들이 움직임과 동시에 나설 백룡대의 대원들이 문제였고, 함께할 정무맹의 장로들도 무시할 수 없었다.

소무결이 저도 모르게 얼굴을 찡그리며 중얼거렸다.

"어떻게든 뚫어야 하는데……."

소무결의 생각을 읽은 운현이 여전히 싸움이 한창인 명진과 철무한을 힐끔거리며 말했다.

"쟤들은?"

"쟤들 걱정을 왜 해? 우리만 없으면 얼마든지 빠져나갈 애들인데."

꼭 맞는 말은 아니었다.

천영영이 뒤도 돌아보지 않은 채 한 걸음 뒷걸음질 치더니 소무결에게 다가가며 속삭거렸다.

"그냥 항복할까? 그냥 혼 좀 나면……."

"그럼 연아는 어쩌고? 쟤 죽인다잖아."

소무결의 말에 천영영이 넋이 나간 얼굴의 제갈연을 힐끔 쳐다봤다.

천영영이 입술을 꼭 깨물었다.

"뚫자."

다른 방법이 보이지 않았다.

소무결이 고개를 끄덕이더니 훌쩍 몸을 날렸다.

"비켜!"

명진과 철무한에게 멍하니 넋을 놓고 있던 백룡대의 무사들이 난데없이 울려 퍼진 소무결의 목소리에 흠칫 몸을 떨었다.

"이, 이런!"

"피해!"

무섭게 떨어져 내리는 시커먼 목봉에 백룡대원들의 대열에 한순간 균열이 일었다.

쾅!

흔한 목봉이라도 내력이 더해지면 위력이 달라진다.

바닥에 깔린 청석판이 완전히 박살 나며 돌 부스러기가 사방으로 비산했다.

그 사이로 운현이 거침없이 파고들었다.

"비키라고!"

"뭐, 뭐!"

"이런 젠장!"

운현의 검이 잘게 떨리며 무사들의 대열을 완전히 흩어 버렸다.

운현이 지나간 경로를 따라 무사들이 좌우로 갈라지며 공간이 생겨나자 이번에는 제갈연의 손목을 움켜쥔 천영영의 차례였다.

"가자!"

여전히 정신을 차리지 못하는 제갈연을 이끈 천영영이 휙 몸을 날렸다.

"멈춰!"

"거기 서!"

잠시 흐트러졌지만 어느새 대오를 갖추려는 백룡대원들이었다.

백룡대원들의 검 끝이 사방에서 밀려들었다.

그러나 천영영은 조금도 머뭇거리는 기색을 보이지 않았다.

뒤를 따르는 당소문을 믿었기 때문이다.

당소문이 사방에서 몰려드는 검 끝을 보며 코웃음을 쳤다.

"흥!"

당소문이 한 번씩 손가락을 튕길 때마다 쩡쩡 소리가 나며 백룡대원들의 검 끝이 휙휙 틀어졌다.

박살이 난 청석 부스러기를 암기 삼아 튕겨 낸 것이다.

친구들이 잘 따라오는 것을 확인한 운현이 드디어 보정
각을 벗어나려 발길을 내딛으려는 순간.

날카로운 검기가 쉭 하며 바닥을 긁었다.

"으헉!"

"뭐, 뭐야?"

바닥에 깊이 패인 검기의 흔적에 운현과 소무결이 당황
한 얼굴로 검기의 주인을 찾았다.

자신들을 향해 검을 겨누고 있는 공손도, 그리고 그 뒤의
언태극과 이청강을 확인하고는 운현이 얼굴을 찡그리며 소
무결을 돌아봤다.

"이제 어쩌지?"

소무결이 난감하다는 얼굴로 끙 하고 앓는 소리를 내는
순간.

어느새 그들에게 합류한 제갈공이 차가운 눈으로 제갈연
을 쏘아보며 목소리를 냈다.

"그 아이를 내놓거라."

제 앞에 앉아 있는 당화기를 바라보며 골치가 아프다는
얼굴을 하는 당화문이었다.

원래 생각대로라면 정무맹의 기류를 감지하고 적당히 한 발 뺄 생각이었지만, 제 아우인 당화기가 극구 반대하는 통에 행동으로 옮기지 못한 탓이다.

당화문이 미간을 좁히며 당화기를 쳐다봤다.

"그래서 홍소천의 손을 잡으라? 네 말은 그런 뜻이더냐?"

"그렇습니다, 형님."

"그 이유가 모용기라는 꼬맹이 때문이고?"

"꼬맹이가 아닙니다. 벌써 약관도 넘겼으니……."

"우리 나이가 되면 그게 그거지. 그보다 대답부터 해 보거라. 정말 모용기라는 녀석이 이유의 전부이더냐?"

"그렇습니다."

거듭된 질문에도 당화기는 흔들림이 없었다.

그쯤 되자 당화문도 모용기에 대한 호기심이 생기기 시작했다.

몇 번 서신을 주고받으며 그에 대한 언급은 있었기에 존재에 대해서는 알고 있었지만, 자세한 내용은 접하지 못한 탓이었다.

당화문이 다시 질문했다.

"너는 대체 그 꼬맹이에게서 무엇을 본 것이냐?"

"천하제일인."

당화기는 한 단어로 자신의 심경을 표현했다.

그러나 당화문은 어이가 없다는 얼굴을 했다.

"허…… 그 녀석이?"

"그렇습니다."

"명진도 있고 정각도 있지 않느냐?"

"상대가 안 됩니다."

"어렸을 땐 그럴 수도 있지. 하지만 명문이 왜 명문이더 냐? 뿌리가 깊으니 그만큼 저력이 있는 것 아니더냐? 곧 따 라잡을 것이다."

당화문이 정론을 펼쳤다.

그러나 당화기는 단호한 얼굴로 고개를 저었다.

"따라잡을 만한 격차가 아닙니다."

"뭐라?"

"따라잡을 만한 격차가 아니라고 했습니다. 형님도 그 녀 석에 대한 소문은 들으셨지 않습니까?"

"점창의 윤충 말이더냐?"

"그렇습니다. 생각해 보십시오. 그 일이 모용기가 약관에 도 이르기 전에 벌어진 일입니다."

"하지만 그것은 윤충이 방심했다고……."

"아무리 방심했다고 해도 윤충 정도의 고수를 잡는 일이 쉬운 일입니까? 그리고 또 있습니다. 이것은 극비에 속하는 것이라 소문이 돌지 않았는데, 형님께서 들어 보시고 판단 하십시오."

그리고는 조금씩 목소리를 낮추며 철장방과 절강에서 있

었던 일을 풀어놓았다.

이야기가 진행될수록 당화문의 입이 조금씩 벌어지기 시작했다.

종래에는 기가 차다는 듯이 입을 쩍 벌리고 있던 당화문이 한순간 눈을 번뜩이더니 단호한 얼굴로 고개를 저었다.

"그럴 리가 없다! 그것은 그 나이 때에 할 수 있는 일이 아니다!"

"그래서 말씀드리지 않았습니까? 천하제일인이라고."

"그거야 시간이 필요한……."

"그렇지 않습니다. 철장방에서의 일이 대략 4년 전이었는데, 2년 전에 잠깐 마주친 모용기의 기도는 그때와 달라져 있었습니다. 지금은 또 어떻게 변해 있을지 짐작조차 가지 않습니다."

"과장이 심하구나. 그건 그 나이에 할 수 있는 일이 아니라고 하지 않았느냐?"

당화문이 여전히 믿을 수 없다는 얼굴로 고개를 절레절레 저었다.

당화기가 정색을 하며 제 형을 불렀다.

"형님, 저를 믿지 못하십니까?"

"그런 문제가 아니지 않느냐? 이건 믿고 말고 할 문제가……."

"지난번에 소문이를 보셨습니까?"

자신의 말을 자르는 당화기의 질문에 당화문이 얼떨결에 고개를 끄덕였다.

"보긴 봤다만……."

"어땠습니까?"

앞뒤를 다 잘라먹은 질문이었지만, 어렵지 않게 알아들은 당화문이 원하는 답을 줬다.

"많이 성장했더구나."

덤덤히 말하면서도 뿌듯함을 감출 수 없는지 당화문이 입꼬리를 추켜올렸다.

예전의 당소문과 비교하면 일취월장이라는 말도 부족할 정도로 엄청난 성장을 거두었기 때문이다.

당화기가 다 안다는 얼굴로 고개를 끄덕이며 다시금 목소리를 냈다.

"그것이 누구의 덕이라고 보십니까?"

당화기의 거듭된 질문의 의도를 알아들은 당화문이 뿌듯한 감정도 잊고 미간을 좁혔다.

"그게 모용기라는 녀석 덕분이다?"

"한번 생각해 보십시오. 만일 형님께서 가르치셨다면, 4년이라는 시간 동안 소문이를 그 정도로 성장시킬 수 있겠습니까? 용봉관은 말할 것도 없고요."

당화문이 가만히 입을 다물었다.

그것은 자신이 없었기 때문이다.

한동안 입을 다물고 고민을 거듭하던 당화문이 여전히 결론이 나지 않자 결국 당화기에게 도움을 구하고자 입을 열었다.

계속해서 마음에 걸리는 것이 있어 결정을 내리기 어려웠던 탓이다.

"하지만 제갈공은……."

제갈공은 누구보다도 시류에 밝은 자다.

그런 이가 맹주 측에 섰다는 것은 확실하게 승산이 있다는 것이다.

제 형의 고민을 눈치 챈 당화기는 웃기지도 않는다는 얼굴로 코웃음을 쳤다.

"제갈공요? 봉황을 앞에 두고도 참새를 쫓는 그 멍청한 작자 말입니까?"

단번에 결론을 짓는 당화기를 보며 당화문이 멍청한 얼굴을 했다.

그러나 이내 고개를 저으며 표정을 수습한 당화문이 다시 질문했다.

"봉황이라고? 어찌 그리 쉽게 말하느냐? 그 녀석이 네 말대로 그렇게 뛰어나다 해도 뒷배가……."

"개방주가 그 녀석을 아낀다는 것을 잊으신 겁니까? 맹에서 최고의 기재라 칭송받는 무당의 명진이 그 녀석 꽁무니를 졸졸 쫓아다닙니다. 패천성의 소성주인 철무한은 또

어떻고요? 정 안 되면 우리 당가가 그 녀석의 뒷배가 되어
주면 될 일입니다. 소제는 제발 그렇게 되었으면 하는 마음
입니다."

확신이 가득한 당화기의 말에 당화문이 한동안 혼란스럽
다는 얼굴을 했다.

그러나 금세 얼굴을 고치고는 수염을 쓰다듬으며 중얼거
렸다.

"천하제일인이라······."

매력적인 먹잇감이었다.

그렇게만 되면 당가가 단번에 세를 확장할 수 있을지도
모른다.

제 형이 흔들린다는 것을 눈치 챈 당화기가 다시 입을 열
었다.

"소문이 문제도 그렇고······ 그리고 언제까지 소희와 못
본 체 살 수는 없는 일 아닙니까? 정녕 평생 안 보고 사실
생각이십니까?"

당화기가 당소희를 거론하자 당화문이 끙 하고 앓는 소
리를 냈다.

잘라 내려고 해도 잘려지지가 않는 아픈 손가락이었기
때문이다.

그러나 당화문은 곧 고개를 저었다.

"네 말 뜻은 충분히 알았다. 내 고민해 보마. 그만 나가

보거라."

"하지만 형님, 시간이……."

당장 오늘 저녁이 되면 철무한에 대한 처우를 결정해야
했다.

시간이 촉박했다.

당화기의 우려를 읽은 당화문이 재차 고개를 저었다.

"그 전에 결론을 짓도록 하마. 그러니 그만……."

그러나 당화문은 끝까지 말을 이을 수가 없었다.

그 순간 항상 옆에 두던 시종 용일이 문 밖에서 그를 찾
았기 때문이다.

"가주님."

"무슨 일이냐?"

"잠시 전해 드릴 것이 있어서……."

"전해 줄 것?"

고개를 갸웃거리던 당화문은 곧 목소리를 내 용일을 불
러들였다.

"들어오너라."

나무로 된 문이 스르륵 열리고 아직은 앳된 얼굴이 남아
있는 용일이 조심스레 들어오더니 곱게 접힌 서신을 내밀
었다.

"이것이 무엇이냐?"

"어떤 노인이 가주님께 전해 드리라 했습니다."

"노인? 누구?"

"그건 저도 잘……."

용일이 난처하다는 얼굴을 했다.

그를 굳이 괴롭힐 의도는 없었던 당화문이 고개를 끄덕였다.

"알았다. 그만 나가 보거라."

"알겠습니다. 그럼……."

용일이 방문을 나서고 탁 하고 문을 닫는 소리가 들려오자 당화기가 호기심이 가득한 눈으로 당화문의 손에 들린 서신을 쳐다봤다.

"그게 무엇입니까?"

"글쎄다. 보면 알겠지."

그리고는 대뜸 서신을 펼쳐 드는 당화문이었다.

그러나 시간이 지날수록 서신을 읽어 내려가는 당화문의 얼굴이 딱딱하게 굳어져 갔다.

점차 심각해지는 기색을 눈치 챈 당화기가 조심스레 물음을 던졌다.

"무슨 일입니까? 혹 안 좋은 일이라도……."

그 순간 탁 소리가 나도록 서신을 접어 버리는 당화문이었다.

"잠시 나갔다 와야겠다."

"예? 하지만 곧 그 철무한이라는 녀석의 처분이……."

당화기가 당황한 얼굴을 했다.

그러나 마음이 급했던 당화문은 고개를 저으며 자리에서 벌떡 일어섰다.

"그 전에 돌아오마."

정무맹을 나선 당화문이 찾은 곳은 개봉 외곽에 자리한 객잔이었다.

평소에는 눈길조차 주지 않을 정도로 허름한 객잔이었지만 오늘만큼은 달랐다.

당화문이 다급한 얼굴로 객잔의 문을 벌컥 열고 들어섰다.

그리고는 고개를 휙 돌리며 빠르게 주위를 훑었다.

그러나 원하는 것을 찾지 못한 당화문의 얼굴이 조금은 딱딱해졌다.

그 때, 언뜻 보기에는 사나워 보이는 당화문의 기도에 잔뜩 주눅이 든 점소이가 눈치를 보며 다가왔다.

"저…… 무슨 일이신지……."

그리고 다가온 점소이를 보며 당화문이 반색을 했다.

"마침 잘됐다. 사람을 찾고 있는데……."

"사람이라면, 어떤 분을 찾으시는지?"

"당……."

대뜸 이름을 밝히려던 당화문이 한순간 말끝을 흐리고 말았다.

함부로 밝힐 만한 것이 아니었기 때문이다.

당화문이 난감하다는 얼굴로 점소이를 내려다보고 있는데, 그 순간 이층에서 쯧 하고 혀를 차는 소리와 함께 늙수그레한 목소리가 들려왔다.

"쯧. 이놈아, 어째 네놈은 발전이 없는 것이냐? 바로 위에 두고도 알아보지 못하더냐?"

당화문이 휙 소리가 나도록 고개를 들었다.

그리고는 제가 원하는 얼굴이 그곳에 있자 반색을 하며 바닥을 툭 찍었다.

단번에 이층으로 올라선 당화문이 눈앞의 노인을 쳐다보며 환한 얼굴을 했다.

"아버님! 별일 없으셨군요? 왜 그렇게 소식이 없으셨던 겁니까? 전 또 잘못되기라도 하신 줄 알고 걱정을……"

당가를 떠나 돌아오지 않았던 독왕, 당명이었다.

"쓸데없는 걱정. 죽을 날만 기다리는 노친네 걱정을 해서 뭣하려고? 그보다 왜 네 녀석 혼자인 것이냐? 내 분명 소문이도 데려오라 했거늘."

당화문에게는 관심도 없다는 눈으로 그 뒤를 살피는 당명이었다.

조금 섭섭하다는 얼굴을 하던 당화문은 얼른 고개를 저었다.

그리고는 제 아비가 원하는 답을 들려줬다.

"그것이…… 소문이에게 조금 문제가 생겨서……."

"문제? 무슨 문제?"

필요 이상으로 관심을 드러내는 당명을 보며 당화문이 의아하다는 얼굴을 했다.

그러나 호기심이 가득한 제 아비의 눈빛을 달래는 것이 우선이었다.

"그것이 철무한이라고 패천성의 후계자가 있는데……."

간략하게 상황을 설명하는 당화문의 말에 당명의 얼굴이 조금씩 딱딱해져 갔다.

그리고 당화문이 마침내 설명을 다 끝냈을 때 당명이 한숨을 푹 내쉬었다.

"쯧. 무한이 고놈은 왜 정무맹에 들려서는……."

당화문이 의문이 가득한 얼굴로 고개를 갸웃거렸다.

당명의 말을 고려할 때 철무한과 안면이 있다는 뜻으로 해석되었기 때문이다.

"철무한을 아십니까?"

그러나 당명은 대꾸가 없었다.

대신 어딘가를 획 돌아보며 목소리를 냈다.

"주가 놈아, 이제 어쩔 테냐? 애들이 곤란한 상황에 처한 것 같은데."

당명의 시선을 따라가던 당화문은 그제야 또 다른 이가 있다는 것을 알 수 있었다.

축 늘어진 동글동글한 얼굴의 노인, 주원종은 당화문과 시선이 마주치자 태연한 얼굴로 히죽 웃으며 손을 들었다.

"여어, 꼬맹이. 오랜만이야?"

주원종의 말에 당화문이 얼굴을 찌푸렸다.

언뜻 보기에도 자신보다 연배가 많아 보이기는 했지만, 누군지도 모르는 이가 당가의 가주인 자신을 꼬맹이라 불렀으니 기분이 상했던 것이다.

그러나 제 아비인 당명과는 잘 아는 사이인 것으로 보였으니 섣불리 화를 낼 수는 없는 노릇이었다.

그리고 처음엔 눈치 채지 못했지만, 계속해서 볼수록 어딘가 익숙한 얼굴이었다.

생각을 정리한 당화문이 얼른 얼굴을 펴며 양손을 모았다.

"당화문이라고 합니다. 저를 아십니까?"

그러나 주원종은 여전히 웃음만 보일 뿐 대꾸가 없었다. 대신 당명이 나서며 두 사람의 사이를 갈라놨다.

"이제 어쩔 거냐고? 무한이 놈이 잡혔다고 하잖느냐? 어쨌으면 좋겠느냐?"

"어쩌긴 뭘 어째? 유 형님 손자 녀석인데 그대로 둘 수는 없지. 데려가서 절강쯤에 놓고 가면 되지 않을까?"

주원종의 대꾸에 당명이 끙 하고 앓는 소리를 냈다.

"시끄러워지겠군."

"시끄러울 게 뭐 있나? 밤늦게 가서 녀석만 빼 오면 되는 것을. 그보다 난 다른 애들이 더 걸리는데? 무한이 녀석이야 빼 와서 집에 보내면 된다지만, 다른 애들은⋯⋯."

그 때 당화문이 두 눈을 번쩍 뜨며 비명을 지르듯 목소리를 높였다.

"권, 권마!"

비로소 주원종의 정체를 알아챈 것이었다.

그런 당화문을 쳐다보며 주원종이 미간을 좁혔다.

"권마?"

주원종이 심기가 불편하다는 얼굴로 슬며시 기세를 세웠다.

그 기세를 고스란히 접한 당화문은 숨이 턱 막히는 듯한 느낌이 들었다.

"헙!"

급하게 숨을 들이켜는 제 아들을 보며 쯧 하고 혀를 찬 당명이 손가락을 딱 하고 튕겼다.

"그만. 자네는 무슨 놈의 장난을 그리 살벌하게 하는가?"

"이게 장난으로 보여? 권마가 뭐야, 권마가? 권공이 맞는 거라고!"

주원종이 불만이라는 얼굴로 툴툴거렸다.

그러나 당화문을 옥죄던 매서운 기세는 한순간에 자취를 감췄다.

비로소 숨통이 풀린 당화문이 다급하게 숨을 들이켰다.

식은땀을 흘리며 연신 거친 숨소리를 내는 제 아들을 물끄러미 지켜보던 당명이 고개를 절레절레 저었다.

그러나 자신이 당장은 할 수 없는 바다.

조금 시간이 지난 후에 설명하는 것이 편하다.

그렇게 생각한 당명이 다시 주원종에게로 시선을 돌리는데, 그 순간 주원종이 자리에서 벌떡 일어섰다.

"이, 이런! 단가 놈아, 가지 마! 가지 말라고!"

〈11권에 계속〉